Manual para la obediencia

SARAH BERNSTEIN
Manual para la obediencia

Traducción de Julio Trujillo

Papel certificado por el Forest Stewardship Council®

Título original: *Study for obedience*

Primera edición: febrero de 2025

© 2023, Sarah Bernstein
Publicada originalmente en inglés por Granta Books
Casanovas & Lynch Literary Agency
© 2025, Penguin Random House Grupo Editorial, S. A. U.
Travessera de Gràcia, 47-49. 08021 Barcelona
© 2025, Julio Trujillo, por la traducción

Penguin Random House Grupo Editorial apoya la protección de la propiedad intelectual. La propiedad intelectual estimula la creatividad, defiende la diversidad en el ámbito de las ideas y el conocimiento, promueve la libre expresión y favorece una cultura viva. Gracias por comprar una edición autorizada de este libro y por respetar las leyes de propiedad intelectual al no reproducir ni distribuir ninguna parte de esta obra por ningún medio sin permiso. Al hacerlo está respaldando a los autores y permitiendo que PRHGE continúe publicando libros para todos los lectores. De conformidad con lo dispuesto en el artículo 67.3 del Real Decreto Ley 24/2021, de 2 de noviembre, PRHGE se reserva expresamente los derechos de reproducción y de uso de esta obra y de todos sus elementos mediante medios de lectura mecánica y otros medios adecuados a tal fin. Diríjase a CEDRO (Centro Español de Derechos Reprográficos, http://www.cedro.org) si necesita reproducir algún fragmento de esta obra.
En caso de necesidad, contacte con: seguridadproductos@penguinrandomhouse.com

Printed in Spain – Impreso en España

ISBN: 978-84-397-4459-7
Depósito legal: B-21.369-2024

Compuesto en La Nueva Edimac, S. L.
Impreso en Liberdúplex (Sant Llorenç d'Hortons, Barcelona)

RH44597

*Para mi papá, Nat Bernstein, que me enseñó
a amar el sonido de las palabras*

1940-2022

ÍNDICE

1. Comenzando de nuevo comenzando 13
2. Una cuestión de herencia 24
3. Una lengua moribunda 45
4. Sobre la agricultura comunitaria 71
5. Un ritual privado 89
6. La ocasión de un hermano 107
7. Una meditación sobre el silencio 129

Referencias bibliográficas 143
Agradecimientos 145

Puedo cambiar el juego y hacer lo que me plazca. Puedo hacer que las mujeres sean más fuertes. Las puedo hacer obedientes y homicidas al mismo tiempo.

PAULA REGO

El lenguaje es castigo. Debe abarcar todas las cosas y en él todas las cosas deben revelarse nuevamente según la culpa y el grado de la culpa.

INGEBORG BACHMAN

1

COMENZANDO DE NUEVO COMENZANDO

Fue el año en que la cerda mató a sus lechones. Fue una época veloz y amenazante. Una de las perras del lugar tuvo un embarazo psicológico. Las cosas desaparecían en un lugar y aparecían en otro. Era primavera cuando llegué al campo, soplaba un viento del este, un viento que resultó ser extraño. Empezaron a ocurrir cosas. Lo de los cerdos sucedió más tarde, pero no mucho después, y aunque yo acababa de llegar, y no estaba al cuidado del ganado, y solo me había asomado desde el otro lado de la verja eléctrica, sabía que ellos tenían razón al culparme. Pero todo eso, como he dicho, sucedió después.

Por dónde comenzar. Es cierto que solo puedo arrojar luz sobre mis actos, e incluso así es una luz débil e intermitente. Yo era la hija menor, la menor de muchos niños —más de los que quiero recordar— a los que cuidé desde mi más tierna infancia, antes, de hecho, de que yo misma tuviera el poder del habla y aunque mis habilidades motrices apenas estaban desarrolladas por entonces, ellos, mis muchos hermanos, fueron puestos a mi cargo. Atendí cada uno de sus deseos, suavicé sus más leves incomodidades con obediencia perfecta, con el más alto grado de devoción, de tal forma que con el tiempo sus deseos fueron los míos, así pude anticipar necesidades no articuladas aún, tal vez ni siquiera aún imaginadas, proporcionando a mis hermanos la mayor ayuda posible, colmándolos tan solo para que exigieran más, siempre más, exigencias a las que yo accedía con entusiasmo y prudencial prontitud, suministrándoles los complejos licores curativos recetados para ellos por varios médicos, sirviendo sus alimentos y refrigerios, sus cigarrillos y aperitivos, sus copas y vasos de leche en la mesita de noche. De nuestros padres nada diré, no todavía, no. Continué pasando los largos años desde la infancia cultivando la soledad, persiguiendo al silencio hasta su siempre inalcanzable horizonte, persecución que exigía un tipo de atención particular, un autoolvido por mi parte que me permitía dedicar la más meticulosa, la más cuidadosa consideración al otro, a tratarlo como al más preciado objeto de contemplación. En este proceso, yo me vería reducida, disminuida y en definitiva transparentada, incluso dejaría de existir. Yo sería buena. Sería todo lo que se me había pedido.

Quizá sea mejor comenzar de nuevo.

Estaba la casa, situada al final de un largo sendero de tierra y en medio de una arboleda, sobre una colina que dominaba un pequeño pueblo escasamente habitado. Un arroyo marcaba los límites de la propiedad por uno de los lados y, en la noche, el sonido de su inquieto fluir entraba por la ventana de mi habitación. Mirando a lo largo del sendero, una podía ver el bosque denso, un pueblecito en el fondo del valle y, más allá, las montañas más altas que había visto en mi vida. El terreno y la casa en él situada pertenecían a mi hermano, el mayor. El hecho de que él hubiera terminado en este remoto país del norte, país, me enteré, de los antepasados de nuestra familia, gente desconocida y vilipendiada que había sido perseguida a través de las fronteras y metida en fosas, tenía que ver, sin duda, al menos en parte, con su sentido de la Historia, orientado como estaba hacia el progreso, vuelto hacia el futuro, siempre en la búsqueda de la eficiencia. Desde un punto de vista práctico —y el pragmatismo era, naturalmente, de la mayor importancia para mi hermano—, también estaba implicado en algunas transacciones perfectamente razonables, si bien algo perversas, pues era, o al menos había sido, un hombre de negocios involucrado en la exitosa venta, intercambio, importación y exportación de una variedad de bienes y servicios cuyos pormenores siguen constituyendo un misterio para mí hasta el día de hoy.

Llegué a instalarme en la casa a petición suya e inicialmente por un periodo de seis meses, dejando nuestro país natal por este frío y alejado lugar donde mi hermano había hecho su vida, o en todo caso su dinero, del cual había bastante, como yo vería con mis propios ojos. No vi razones para oponerme: siempre había querido vivir en el campo, en otoño había recorrido en coche las zonas rurales que rodeaban mi ciudad natal para ver las hojas coloreadas, para respirar el aire fresco, tan distinto del aire corrompido del centro, bien conocido por ser la causa principal de los altos índices de mortandad infantil, no era que yo tuviera hijos, no, no, aun así, la calidad del aire y sus efectos perjudiciales en la salud pública me concernían tanto como a cualquier otro ciudadano común. Además, como señaló mi hermano, no es que yo tuviera obligaciones específicas o compromisos que no pudiera incumplir sin problemas. Admití que estaba en lo cierto. El asunto era como sigue. Yo había, por así decirlo, tirado la toalla. Hacía mucho que mis contemporáneos me habían superado; ya por traición o habilidades superiores, se habían asegurado un lugar en la vida y en la profesión de su elección. Se decía que era algo terrible hacer realidad el sueño de una vida, y no obstante yo me preguntaba por qué no se relajaban un poco. Estaban hinchados de éxito. Tanto tiempo y nada que hacer. Yo apenas tenía un poco de voluntad. No formaba parte del gran juego. Durante un tiempo ejercí de periodista, pero al final dejé la agencia de noticias en la que había trabajado, ni siquiera con deshonra, mi tiempo ahí se había agotado, no había nada en absoluto que guiara mi camino. Mis esfuerzos a lo largo de los años por obtener un contrato de trabajo estable habían sido en vano, se me había dicho que el proceso era algo burocrático y en absoluto personal, y sin embargo cuando yo contestaba como correspondía, es decir, invocando los habituales procesos burocráticos y, actuando enteramente en mi derecho, hacía una petición de acuerdo con las pautas de la regulación de protección de datos generales bajo la sospecha de que sucedía algo turbio, mi solicitud era tratada como una afrenta personal y me dejaban claro que no me estaba haciendo ningún favor. La verdad es que yo nunca me había hecho ningún favor. Me fui en silencio. Nadie lamentó mi partida. El trabajo que tuve justo antes de que me fuera a casa de mi hermano, en el país de nuestros antepasados, y que continuaría llevando a cabo remotamente desde ahí, era de audiomecanógrafa para un despacho de abogados, trabajo en el que me distinguía, tecleando con velocidad y precisión, pues conocía bien el oficio. Sin embargo, me sentía de más en la oficina, cuyas paredes estaban revestidas de los acostumbrados accesorios legales, carpetas y diplomas, cuero y madera. Yo sabía que las vacilantes demostraciones que hacía de mi condición de persona, que mi lamentable insistencia en continuar apareciendo en la oficina día tras día, tan solo podía desanimar a los juristas y asistentes legales cuyas voces yo tecleaba en un procesador de textos con agilidad y precisión, con devoción e incluso amor, así que recibieron mi notificación de partida con no disimulado regocijo, montando una fiesta de despedida en mi honor, organizando una especie de banquete y entregando regalos abundantes. No me llevó mucho tiempo ordenar mis asuntos, fue cosa de semanas, tres meses a lo sumo y, tras un viaje sin incidentes, aquí estaba. Sentí que me haría bien el aire del campo, y el aislamiento, cuando mi hermano no me necesitara podría disfrutar de algunos senderos del bosque que mantenían grupos locales de voluntarios. Me callaría.

Mi hermano aún no estaba enfermo cuando llegué. De hecho, rebosaba salud, estaba en la flor de la vida; habiéndose liberado recientemente de su esposa e hijos adolescentes y sus constantes exigencias, finalmente se encontraba, dijo, libre para dedicarse en paz a sus negocios. Sus inversiones habían comenzado a dar frutos y, en ausencia de su familia, de la cual, era evidente, se sentía distanciado desde hacía tiempo, y dado que pasaba largas temporadas fuera, se había dado cuenta de que necesitaba a alguien que cuidara la casa, me dijo una tarde por teléfono. ¿Y quién mejor que yo, que desde la infancia había demostrado ser la más eficiente y complaciente administradora de los asuntos domésticos de mis hermanos? Al no responder yo de inmediato, me aseguró que la casa, aunque antigua y de varios pisos, y aunque antaño había pertenecido a los distinguidos líderes de la histórica cruzada contra nuestros antepasados, contaba con todas las comodidades modernas. A continuación pasó a enumerarlas, como si él fuera el agente de un hotel nuevo y poco fiable: internet de alta velocidad, una variedad de servicios de streaming a la carta, una gran bañera, una ducha con efecto lluvia, un colchón de espuma con memoria, linos tejidos a mano, un horno de convección, una tostadora para seis rebanadas, una máquina de hacer hielo, etcétera, etcétera. Como las afirmaciones de mi hermano sobre los enseres de la casa seguían la lógica de la declinación, se me ocurrió, como tal vez a él también, que sabía muy poco de mí y que, más aún, esto le preocupaba, la idea de que ya no sabía qué me gustaba. Por ejemplo, cuando dijo la palabra «colchón», de pronto su voz sonó aterrada, como si temiera haber cometido una torpeza irreparable, como si la mención del colchón fuera inaceptable, tal vez incluso ofensiva, para mí. Esa señal de discontinuidad en la autoridad total de mi hermano me inquietó, me dije que el asunto con su esposa debía de haber sido un golpe para él, lo poco que yo sabía de los hombres me sugería que eran constitutivamente incapaces de estar solos, que les aterraba no ser admirados, y que parecían entender el envejecimiento y sus efectos como un fracaso personal. Sí, sí, dije. Por supuesto que iría. ¡Por supuesto!, dije, casi gritando al teléfono. ¿Cuándo le había negado a él, mi hermano mayor, o a cualquiera de los otros hermanos sucesivos, cuyo paradero desconocía entonces, cuándo le había negado a alguno de ellos la menor petición? Por supuesto que iría. Por supuesto, dijo, recuperándose, que él se encargaría de organizar y pagar mi viaje, que él mismo me iría a recoger al aeropuerto con su coche, un modelo nuevo que acababa de adquirir, y me llevaría a la casa. Y en efecto hizo todo eso, jamás incumplía promesas o faltaba a su palabra, no importaba cuán precipitadamente hubiera hablado, no importaba lo borracho o coaccionado que hubiera estado en el momento en que contraía el compromiso, aunque en cualquier caso es cierto que daba su palabra, libre y frecuentemente, a amigos y extraños por igual, a socios y adversarios, en lo que a mi hermano concernía, una cosa, una vez dicha, era lo mismo que un hecho y no había nada más que decir. Cuando crucé las puertas automáticas del aeropuerto, lo que me llevó un buen rato porque los sensores no registraron inicialmente mis movimientos, aunque exagerados, y tuve que esperar a que otro pasajero recién desembarcado del avión pasara por las puertas para salir, el coche de mi hermano ya estaba esperándome junto al bordillo. A través de la ventana me hizo gestos para que entrara, y lo hice.

En el camino del aeropuerto a su casa, como a dos horas de distancia, mi hermano admitió que su esposa, en connivencia con los hijos, había salido pitando a Lugano, donde vivía su familia, sin mediar palabra y, que él supiera, para siempre y tal vez incluso en plena noche. La pareja había estado condenada desde el principio, dijo mi hermano mientras conducía bajo la lluvia, habían compartido demasiado sobre ellos mismos, sabían demasiado el uno del otro como para que fuera posible el respeto mutuo. Es más, prosiguió, en varias ocasiones, en turnos alternos, habían cometido pecados muy graves uno contra otro, diciendo finalmente en voz alta la terrible verdad de la personalidad del otro, verdades que conocían desde siempre sobre ellos mismos y sobre el otro, pero acerca de las cuales habían llegado al acuerdo tácito de jamás mencionar, jamás discutir, jamás dar la más mínima pista de que dicho conocimiento existía. La esposa, conociendo el defecto principal en el corazón del esposo, jamás debería hablar de ello; de igual forma, el marido jamás debería mencionar el terrible e indiscutible hecho sobre el carácter de la esposa. No, dijo mi hermano, jamás. Esa era la base de la relación marital. Abrí la ventanilla del asiento del copiloto y entró el húmedo aire primaveral. Observé el paisaje que pasaba, el pálido, incipiente verde de algo dejado por demasiado tiempo en la oscuridad, observé las ramas negras y empapadas conforme pasaban, y entonces, sí, entró el aroma de la primavera. Sentí cómo la emoción me recorría.

Recordé mis propios intentos de intimidad abortados, con hombres, con mujeres, y que todo lo que había sacado de ello era la sensación de ser esencialmente intercambiable. La gente me tocaba, cuando me tocaba, con una serie de gestos predeterminados que no se adaptaban a mí, a mi conciencia o sensaciones, aunque estas fueran limitadas, aunque seguramente yo fuera insensible. Había estado tan atenta a las particularidades de la piel de esas personas, varias pecas en la sien, bultos en el antebrazo, había cultivado esta atención con el tiempo, concienzudamente, consciente de mi innata inclinación hacia la vacuidad, y sin embargo esta práctica de la contemplación nunca me llevó muy lejos. Mis parejas me guiaban a través de la puerta, haciéndome cosas que le habían hecho a otras personas, haciéndome cosas que le podrían haber hecho a cualquiera, a cualquier persona y, para decirlo llanamente, estaba segura de que, en su cabeza, con los ojos cerrados, estaban con alguien del todo distinto, no conmigo; el beso tierno en el nacimiento del pelo, el sostener la cabeza por detrás, el apretar la muñeca, nada estaba dirigido a mí, todo era para otra persona, alguien de antes, alguien adorado y perdido hacía mucho tiempo. No, pensé, no podía decirle nada a mi hermano, no podía ofrecerle ningún consejo o consuelo sobre ese asunto. Todo lo que se me pedía, pensé, era que me mantuviera en silencio. Que no hablara, que no dijera nada. Eso era todo.

Y los hijos, dijo mi hermano, siempre habían tomado partido por su madre, ahora se daba cuenta; desde el nacimiento, si no antes, lo habían despreciado, lo encontraban ridículo o patético, un pobre hombre y un padre lamentable. Para ser honesto, dijo, hacía tiempo que él se veía así, y al observar que su esposa e hijos sentían lo mismo y expresaban estos sentimientos con tanta vehemencia y a veces, tenía que admitirlo, elocuencia (pues, después de todo, eran una familia de lectores), casi se sintió reconfortado. Aunque para mí pudiera ser una sorpresa, dijo mirándome de soslayo, ya que él había sido el hijo mayor, el más apreciado, había sufrido. Sí, desde la infancia, durante los años de la adolescencia y la vida adulta, y hasta este mismo día, él sufría, y aunque nadie había sospechado su sufrimiento, ni sus amigos ni familiares, ni siquiera en gran medida él mismo, dijo, pasando una mano por su ondulado y grueso cabello, aun así, lo sabía. Había sufrido. Era su verdad y tenía que decirla, a cualquier precio.

Permanecí sentada en silencio, recalibrando mi aproximación a mi hermano, reflexionando su recién descubierta conciencia de sí mismo; tuve claro que, por así decirlo, se había encontrado a sí mismo, probablemente con la connivencia de algún tipo de profesional de la psiquiatría. Sus exigencias hacia mí, que antaño implicaban realizar tareas y trabajos específicos, llevar o traer objetos variados, habían evolucionado hacia asuntos más sutiles de la mente. También se me daba muy bien ese oficio; a lo largo de mi vida, la gente con frecuencia se desahogaba conmigo, contándome sus historias más desgarradoras, los secretos más terribles de su vida interior, la letanía de los crímenes y violaciones que habían cometido contra otros, y lo contaban todo aunque nuestra familiaridad fuera escasa, en algunas ocasiones momentos después de conocernos. Yo no pedía estas confesiones, no las quería para nada, sencillamente me sentaba en silencio y las recibía de todas partes. Inevitablemente, al poco tiempo la gente que desvelaba esos secretos se veía abrumada primero por el arrepentimiento y posteriormente sentían una silenciosa y veloz aversión hacia mí, perfectamente comprensible en cualquier situación, y en particular en este caso. Llegarían a odiarme como siempre se habían odiado a sí mismos, por poseer este conocimiento, por haberlo recibido en primer lugar, por no haber hecho nada para impedir que me lo transmitieran. El odio de toda la vida que guardaban en sus corazones, finalmente revelado, se me pegaría por ninguna otra razón que mi proximidad, cierto aspecto empático que yo tenía, un aire acaso de docilidad que los animaba a hacer esas insoportables confesiones. Yo lo sabía todo, sabía a qué atenerme, y sin embargo nunca había podido detenerlos, impedir la inminente revelación. De muy lejos yo podía identificar cierta disposición, una ligera inclinación hacia la izquierda o algo en los hombros, yo veía la devastadora confesión aproximarse, y me clavaba en el sitio, enmudecía. Supe que mi hermano no podría sino seguir la misma trayectoria; por la posición de su mandíbula mientras conducía el coche y seguía hablando, supe que el proceso estaba en marcha, y no obstante, al igual que los demás, él también siguió hablando, como si se viera obligado, durante el resto del recorrido. Yo escuché en silencio. Finalmente atravesamos un pequeño pueblo y, más allá, llegamos a la casa de mi hermano sobre la colina.

2

UNA CUESTIÓN DE HERENCIA

Recorrimos el largo camino bajo la arboleda de pinos. Pude ver una pendiente por donde el arroyo bajaba en dirección al valle. Era un día nublado, con llovizna y la sugerencia del hielo en el aire. Deshielo primaveral, un aire de peligro siempre durando más de lo predicho, una promesa desvelándose y cubriéndose una vez más, con escarcha, con una súbita nevada. Una siempre debía andarse con cuidado en el cambio de estación, mantenerse alerta. ¿Quién sabe lo que podía ocurrir, lo que una era capaz de hacer? La casa apareció de repente, oscura contra la oscuridad de los árboles, una serie de ventanas en blanco que solo reflejaban el clima vuelto hacia sí mismo. Una casa que es como cualquier otra, me dije, toqueteando el cinturón de seguridad, sintiendo cómo me observaba mi hermano. No había nada particularmente digno de atención en el lugar, los árboles meciéndose mudos, la cumbre ciega, las ventanas ciegas, un lugar de rincones ciegos. Al lado de todo ello corría el arroyo, nunca el mismo, sin memoria. Aquí no hay nada que temer, pensé, nadie al acecho. Mi hermano, imperturbable, manteniéndose en una postura digna, se paró junto al coche mientras yo sacaba mi equipaje del maletero. Dirigió la mirada hacia la casa, la vieja mansión, según me contó, que había sido vendida por los nobles después de las guerras del siglo pasado por las razones habituales: el impuesto de sucesiones, familiares disolutos, el aumento del coste del combustible, la dificultad de encontrar la ayuda adecuada para quitar el polvo a las molduras, que proliferaban, para pulir las muchas y largas barandillas o encerar los enormes suelos de madera. Últimamente, dijo mi hermano, la propiedad de la casa había pasado por las manos de una serie de arribistas provincianos, cada uno más insolente que el anterior. Desde que era suya, él se había empeñado en recuperar el espíritu señorial del lugar. En otras palabras, tenía el aspecto de una caserón provinciano venido a menos; mi hermano era sumamente convencional, no le gustaba llamar la atención, pero incluso yo estaba impresionada por la precisión con la que había logrado el efecto estético deseado, como si no hubiera habido ruptura en el linaje histórico de la casa, como si él fuera el heredero natural de la mansión, de las tierras y de todo lo que contenían, del estatus social y, cómo no, de la alcurnia que esas cosas sugerían.

La habitación que me había asignado estaba en la esquina oriental de la parte delantera de la casa, con ventanas que daban a dos lados, una sobre el arroyo, crecido y con caudal abundante por el reciente deshielo, la otra sobre el largo camino que llevaba al valle y de ahí al pueblo. Mi hermano dormía en la parte trasera de la casa, en una habitación oscura cuyas ventanas estaban ensombrecidas por los árboles. Yo debía despertarlo por la mañana con la bandeja del desayuno, debía abrir las cortinas para dejar a la vista el bosque que era de su propiedad, debía disponerle la ropa. Mientras él desayunaba, yo le preparaba el baño y, mientras se bañaba, yo me sentaba a su lado y leía en voz alta los titulares de las noticias del día, en el sentido de las agujas del reloj en que aparecían en la primera página del periódico local. Mi hermano era un hombre alto y fuerte, y en aquel entonces estaba en forma, tenía buena vista y un nivel alto de comprensión lectora. Pero lo que más le gustaba era que le sirvieran y que le leyeran en voz alta, tareas que su esposa e hijos habían llevado a cabo previamente en una complicada rotación diseñada por mi hermano para asegurar que quien hubiera empezado a leerle la cobertura de, digamos, el último escándalo político en la sede del municipio, pudiera continuar leyendo esa historia conforme se desarrollaba, hasta que la cobertura disminuyera o la corrupción fuera eliminada, lo que sucediera primero. Mi presencia simplificaba las cosas, ya que todas las tareas que antes se repartían entre la esposa de mi hermano y sus hijos pasarían a ser de mi sola responsabilidad: limpiar, cocinar, ir a la compra, lavar, airear, cerrar, calentar, enfriar, cortar madera, podar el césped, deshierbar y muchas otras cosas más. Mi hermano se encargaba de pagar las facturas. El tiempo libre que me quedaba, como por ejemplo las tardes de los fines de semana (pues mi hermano era un hombre razonable) o en las noches de entre semana después de que él se retirara a su habitación, lo dedicaba a pasear por el campo de los alrededores.

Me parecía que nos estábamos llevando bastante bien cuando, solo unos días después de mi llegada, mi hermano anunció su intención de dejar la casa por un tiempo, de irse, las complicaciones legales relacionadas con su negocio se multiplicaban, dijo, sus clientes eran importantes, lo necesitaban cerca. Era cierto que, desde que yo había llegado, mi hermano había parecido nervioso, no del todo atemorizado, pero sin duda no lejos de estarlo, podía sentir la tensión en su espalda mientras lo enjabonaba por la mañana, una cierta rigidez en la postura mientras lo vestía, pues me gustaba vestirlo. Esa noticia me decepcionó, tan poco tiempo después de nuestro reencuentro, pero me consolé pensando que su repentina marcha significaba que yo podría pasear con más libertad y a mi antojo, observando la vida de las ranas, que en esa primavera proliferaban, desovando en estanques y charcos junto al camino. Me gustaba sentarme bajo un árbol junto al arroyo y observar a las criaturas dirigirse hacia focos de agua más tranquilos, al acecho tanto ellas como yo de los insectos recientemente surgidos de las crisálidas. Las ranas habían sido una constante de nuestros veranos de infancia; mi hermano mayor me enviaba con frecuencia de excursión para atrapar unas cuantas, a las que daba un uso que nunca revelaba; incluso una vez una tortuga mordedora, empresa para la que empleé un par de tenazas y un paquete de salchichas, echada bocabajo sobre el muelle todos los días durante una semana antes de atrapar a la criatura, pero para ese entonces mi hermano ya había pasado a un nuevo proyecto. Nunca supe qué hacía con la vida anfibia que yo le traía, y no pregunté, sencillamente lo observaba mientras, con un estremecimiento de agradable repulsión, se asomaba al borde del cubo rojo que yo solía usar. En un día particularmente caluroso, colocó a dos de las ranas cautivas una al lado de la otra en la orilla de un lago; una, mucho más grande, mi hermano supuso que era hembra por razones que no reveló; la otra, dijo, claramente un macho joven. Mi hermano observó a las ranas de cerca, con unas expectativas que yo no comprendí, hasta que una, la rana más grande, se dio la vuelta y engulló entera a su compañero. Una sola pata se agitaba en su boca. Tragó otra vez, y se quedó quieta. Yo sabía que no debía llorar, no debía gritar, no debía correr, aunque quería hacer esas cosas, sí, y tener arcadas hasta que la piel se me pusiera del revés. Yo era, hay que decirlo, una niña sensible. Mi hermano me observaba atentamente. Yo sabía que él, junto con el resto de mis hermanos —quienes habían participado en operaciones de caza similares no lejos de ahí–, una vez fueran informados me harían responsable de ese acto de canibalismo, y lo hicieron, usándolo como una prueba más presentada a nuestros padres, quienes en ese momento estaban tomando el sol tranquilamente en el muelle, de mi naturaleza esencialmente bárbara, que debía ser controlada. Y lo hicieron. Me dieron un norte. Me dieron un propósito. Yo vivía para ellos. Yo vivía especialmente para mi hermano, el mayor, el más guapo, el más querido de todos los hermanos, a tal punto se había invertido energía y esperanza en su concepción y crianza. ¡Un hijo primogénito! La familia estaba encantada, tanto los hermanos que le siguieron como los padres, todos estábamos contentos, sí, registrábamos los logros de nuestro hermano mayor con atención especial, ignorábamos escrupulosamente sus fracasos en la escuela, en actividades extracurriculares, en la esfera social, para nosotros no podía hacer nada mal. Nunca tenía que pedir nada, y sin embargo lo hacía, era voraz. Se convirtió en un adolescente, alto para nuestra familia y rubio, de ojos oscuros, y tiempo después en un adulto, se alió con cierto tipo de gente, formó parte de grupos de chats donde se compartían imágenes comprometedoras de individuos que no daban su consentimiento, por fin era un hombre y era guapo. Se interesó particularmente por mí, la menor, tantos hermanos entre él y yo, tantos años, el resto de la familia le permitió esa satisfacción, aunque me habían señalado como una causa perdida desde el nacimiento, tenía los pulmones débiles, era alérgica a la mayoría de las frutas, una niña flacucha y pálida con el cabello ralo. Nada funcionaba conmigo, al menos de manera convincente, yo era despistada y no prestaba atención, me perdía en la conversación, y a pesar de que era una inútil mi hermano mayor se responsabilizó de remediar mis defectos. Me tomó bajo su protección. Me convertí en su alumna y en su sirvienta y él me hizo entender la necesidad de la moderación y el silencio. Yo había cometido un error esencial al organizar mi conciencia en los primeros años de mi vida, me explicó mi hermano, al albergar la idea de que era razonable que yo formara mis propios juicios sobre el mundo y la gente que había en él. No era un error infrecuente, prosiguió mi hermano, pero era una convicción particularmente injustificada y además muy arraigada en mi caso. No sería fácil remediarlo, no, me llevaría una vida reorientar todos mis deseos para ponerlos al servicio de otro, eso era lo máximo a lo que debía aspirar. Aparentemente, me dijo mi hermano, yo era una niña, tal vez un día sería una mujer, y de mí dependía determinar cómo lograr el dominio sobre mí misma. El carácter de una hermana, el carácter del hermano: una para servir, el otro para estudiar, las relaciones de parentesco siendo, por supuesto, variadas solo en teoría, uno luchaba con fuerza y frecuencia contra la tradición, contra la Historia, contra la verdad del asunto. Tales arreglos se podían encontrar en todas las calles suburbanas de la infancia, no eran infrecuentes, no, ni era sorprendente que una hermana hiciera todo el trabajo, y para nada notable que el hermano a su vez se sentara a contemplar sus libros silenciosamente, meciéndose hacia delante y hacia atrás en oración. Todas las mañanas yo me arreglaba, como tal vez otros también se arreglaban en todas las calles suburbanas, frente al espejo de la habitación y descendía las escaleras en la piel de una hermana. Asumí el papel con seriedad, conscientemente, y con el tiempo y tras algo de práctica se convirtió en mí. Tal vez con el tiempo mi hermano también se volvió estudioso, un santo, todo era posible, a fin de cuentas quién podría leer el corazón del otro, pero con el tiempo y poco a poco él me animó a arremangarme la falda, lo cual debe entenderse como una metáfora ya que yo solo usaba pantalones de niña, y me decidí a erradicar mi orgullo y mi voluntad. Intenté ser buena. Sonreía mientras obedecía las órdenes de los demás. Hacía mi trabajo y parecía perfectamente feliz, una niña limpia e irreprochable, abrillantando, abrillantando la bota. Arrodillándome, agachándome, yendo y viniendo, también de pie durante horas junto a una cama y después tal vez sentada en el borde de una silla, con los tobillos cruzados, los muslos separados, con una mirada que debería haber sido una ofrenda. Hacía lo que se me pedía, sí, pero el resultado era en demasiadas ocasiones imprevisto. Había un problema en mí que la gente siempre intuía, pero no podía probar. ¿Qué daba yo? La espada en lugar de la esponja. Algo muscular cuando nadie lo hubiera esperado. Y luego un aire inquietante apenas perceptible, quizás, en la mirada. Desde niña tuve un gran sentido de la injusticia, siempre apoyaba al más desamparado, era una cuestión de principios. Pero cuando se trataba de defender lo que yo creía, era menos segura, quizás incluso carecía de fuerza de voluntad, y la resistencia que oponía era insignificante. La diferencia entre cualquier otra persona y yo no era que yo quisiera más ser buena, ni siquiera que yo fuera más culpable, no, era algo más bien difícil de ubicar, una placidez superficial con la que me movía a lo largo de los días, arrastrándome, arrastrándome, eso que ciertos profesores en mi juventud habían descrito como una especie de impenetrabilidad idiota, ¿y quién los culparía?, los sistemas escolares estaban sobrecargados, faltos de personal y, para ser franca, hubo periodos prolongados durante los cuales me negué a decir una sola palabra dentro del recinto escolar. Era más una cualidad innata, una gravedad que me empujaba hacia abajo, que una búsqueda de la aflicción. A lo largo de mi vida había aprendido que había algo desagradable en esa especie de introversión opaca: en cualquier caso, la gente con la que me crie exigía legibilidad; si había algo que no podían soportar era lo oscuro, no eran gente demasiado interesada en la búsqueda de sentido. Les gustaba la constancia. Otra manera de decirlo es que tenían alma de lago, no de río ni de mar. En casa, nuestros padres apenas hablaban. No reconocían el pasado, la tradición, eran de esa generación. Lo que tenían era lo que ellos habían hecho. Eran la depresión hacia la cual todos tendíamos, el peso de sus expectativas conformaba nuestra experiencia de la pertenencia. Las reglas y la estructura de los sentimientos de nuestra casa se transmitían por ósmosis. El nexo familiar personificado en los padres, en los hermanos, siguiendo rastros de tensión y responsabilidad.

Aprendí a estar atenta. Observé a mi madre, nunca ociosa y sin embargo apática como un gusano, inimaginable su vida fuera de la casa, y no obstante pasaba gran parte de su tiempo lejos de nosotros, trabajando para la comunidad, siendo útil. También mi padre estaba ausente con frecuencia, una especie de hombre de negocios, demostrando una energía en su trabajo que nunca veíamos en casa. Vi a mis hermanos llegar a la mayoría de edad, intentar en vano labrarse un porvenir, vagar un poco, sintiendo la atracción, sintiendo su traición, y finalmente regresando para establecerse a la vista de todos y con seguridad. Nadie dijo jamás nada al respecto. Terminé entendiendo lo que ese silencio exigía de mí.

Así que con el tiempo aprendí a hablar usando oraciones lentas, declarativas. Me limitaba a pronunciar exposiciones sencillas o preguntas francas y abiertas. Pequé de cautelosa y como resultado desarrollé una reputación de ser flexible y fácil de utilizar. Y es cierto que al confrontarme con otras personas, esas otras personas que siempre tendían a buscar una ventaja sobre mí, salía a relucir mi voluntad de impotencia, tendía a la deferencia, a mostrarme sumisa y dar constantes señales de respeto por los demás. Esta actitud presentaba una serie de problemas particulares, concretamente que la mansedumbre saca al sádico que hay en cada persona, ese deseo atávico de pisar los talones del animal más pequeño de la camada. Como dijo una escritora, los mansos no heredarán la tierra. A los mansos se les da patadas en el hocico. Una mañana, por ejemplo, estaba yo comiendo un plato de cereales junto a la ventana. En el jardín de mi hermano, un milano le había sacado los intestinos a un conejo gris. El conejo había estado vivo hasta hacía apenas unos segundos, la muerte no había llegado lo bastante rápido para él, había luchado. Siempre me había gustado el campo, el norte, los árboles nevados, pero, a decir verdad, no esperaba encontrar tanta muerte violenta. Sabía que iba a tener que asimilar esta muerte, incluso aceptarla con el tiempo. Ahora mi mente se interesaba con frecuencia por la manera en que el gozo humano, mi propio placer, estaba sujeto a la muerte, en cuán diversos eran los modos en que la muerte amenazaba con arrebatárnoslo. Cada vez que una rama caía en el bosque después de una tormenta, cada vez que el viento empujaba el humo hacia abajo por la chimenea, cada vez que sentía una punzada en el brazo, me preguntaba, por un hábito de largos años, si eso podría ser la misma muerte. Tenía puestas las botas, lista para irme; hacía mucho tiempo que había arreglado mis asuntos. Aun así, la agonía del conejo me había afectado profundamente, me descubrí llorando, y sin embargo no me podía separar de la ventana; en cierto momento incluso me acerqué a los ojos un par de binoculares que habían estado descansando en el alféizar, para mirar mejor los detalles de la escena. Mi lealtad estaba confundida. Aunque por un lado el conejo era pequeño, suave y estaba en desventaja al no tener alas ni garras, y aunque el conejo me resultaba más familiar a mí, que había tenido mamíferos como mascotas a lo largo de mi vida, más familiar e incluso, me parecía, capaz de querer, o al menos de mostrar una especie de devoción que yo pudiera reconocer, también era verdad, reflexioné, que el milano tenía necesidades, que necesitaba comer, necesitaba tal vez alimentar a su pareja o a sus crías, que esperaban en un nido en algún lugar, chillando, dado que su supervivencia dependía de ello. También estaba el asunto de las prolíficas relaciones del conejo, se podían ver conejos de varias razas salir disparados de los setos en cualquier momento, mientras que los milanos, me pareció, aunque por supuesto no pudiera probarlo, procreaban a un ritmo mucho más lento. Al tomar partido, pensé con inquietud, tal vez debería tener una visión a largo plazo, la supervivencia de las especies en su conjunto. Ese era mi problema, pensé, siempre estaba pensando al nivel del individuo, en este caso el conejo, la desagradable escena desarrollándose ante mí en el jardín mientras el milano picoteaba el vientre de la pobre bestia, comenzando a girar el cadáver o el casi cadáver del conejo, una especie de bamboleo de los órganos. ¿Qué era lo que eso me recordaba? Un ahorcamiento, trémulo, un portal y un jardín cuidado. ¿Qué ocurría con nuestro pasado cuando lo superábamos? Esa vida solitaria, las sombras en la pared de la habitación al amanecer, despertar súbitamente al oír el traqueteo de la ventana contra el pestillo mientras un pequeño par de manos enguantadas trataba de abrirla. Pero no era eso. Lo que se necesitaba para construir una vida era la revelación del espacio. En mi caso, por varias razones, no el hecho de hacer un espacio sino de reorientarme: la forma como un gesto de la voluntad. Me haría legible, me aplanaría y me dispersaría, habitaría un «yo» compuesto, rechazaría mi propio plano de percepción. Listo. Guardarme el previsible punto de vista de mi propia vida y vivir de acuerdo con las contingencias del otro. Atención como devoción. A veces me podía ver a mí misma reflejada, completa, como si estuviera del otro lado de una extensión suave y vidriosa, como desde una gran distancia, una luz acuosa detrás de las nubes de enero. La voluntad de permanecer esencialmente intacta, de que la hoja de cristal no se moviera, de que ninguna fisura apareciera en su superficie.

Volviendo al conejo y al milano. ¿Era una cuestión de sentimientos personales, o se trataba de una estructura ética que estaba, y evidentemente seguiría estando, fuera de mi alcance? ¿Cómo elegir? En las mañanas de esas primeras semanas en casa de mi hermano, valoraba el silencio. Me paraba frente a la ventana de mi habitación y observaba cómo surgían los verdes, los árboles, las montañas. Cómo describir lo que sentía entonces, caminando descalza por el suelo de madera, incapaz de apartar los ojos del mundo exterior, incapaz de dejar el porche y resultándome imposible estarme quieta. Sentía un dolor físico mientras miraba los pinos retorcidos mecerse con el viento. Y luego cada vez que iba en bicicleta a las afueras del pueblo, todavía sin la confianza suficiente para traspasar sus límites, imaginaba que la bicicleta derrapaba fuera del camino y caía al arroyo que discurría debajo, o que una carga de troncos se soltaba de la plataforma de un camión y yo moría empalada o aplastada. O me imaginaba perdiendo el equilibrio sobre las rocas en una de mis caminatas preferidas por el sendero de la colina, la hoja del hacha que resbalaba al partir un tronco y se me clavaba en el muslo. Imaginaba un sinfín de incidentes violentos que me provocaban lesiones o la muerte, sí, toda una serie de potenciales muertes dolorosas, muertes, debe decirse, a las que yo había tentado tanto con la acción como con la imaginación, tanto en mis actos como en mis pensamientos. En pocas palabras, el estado de precariedad extrema al que yo estaba acostumbrada a esas alturas, el estado de terror permanente aunque latente que había caracterizado mi existencia hasta entonces, me impedía creer que mi situación actual no era sino provisional, y mientras crecía mi deseo de quedarme en ese lugar para siempre, de permanecer a merced de la intemperie en la linde del bosque, de igual manera crecía mi convicción de que algo, sí, algo intervendría, de que algo terrible ocurriría. Desde mi silla frente a la ventana, sentí una sensación de vértigo, como si en cualquier momento fuera a ser lanzada de cabeza a lo que ocurría allá fuera. Según cierta filósofa, se podría decir mucho sobre la desgracia de uno, excepto que fuera inmerecida. Entendí vagamente que debía limitarme a lo posible, pero ¿qué debía hacer cuando todo era rechazado de antemano? ¿Hasta qué grado era yo responsable? Conforme avanzaba la primavera, el sol no salía, pues no se había puesto. Me vi atrapada en la maquinaria de ciertas manías y enfermedades, apremiada por los motores de su rendimiento compulsivo. Y así, mientras vagaba diariamente por el bosque, sintiéndome por una vez parte del mundo, me decía una y otra vez que debía recordar este momento, aquí, ahora, un momento que no podía durar y al que inevitablemente seguiría una infelicidad que sería proporcional, sino superior, en fuerza, y que por lo tanto yo debía llevarla conmigo, esa certeza de que una vez, por un tiempo, por una serie de horas e incluso días, yo había visto cómo podía ser la felicidad, y eso debía ser suficiente.

A pesar de esta anticipación de mi ruina general, estaba decidida a mantener el delicado equilibrio que la vida parecía haber alcanzado. Seguí con mi trabajo para el despacho de abogados, transcribiendo las notas de voz de uno de los socios, actualmente contratado por una corporación multinacional de petróleo y gas para emprender todas las acciones legales posibles contra cierto individuo que resultó, también, ser miembro de la abogacía, y que había intentado probar y de hecho había probado legalmente en algunos países, aunque no en el suyo, algunos graves delitos por parte de los gerentes de la multinacional que habían provocado la contaminación de varios cursos de agua, la destrucción de bosques milenarios, el exterminio de al menos dos especies protegidas de aves, el secuestro de activistas y la corrupción de funcionarios públicos, al igual que fraude fiscal, estafa, manipulación del mercado de valores y demás delitos. El despacho para el que yo trabajaba, y que representaba a esa multinacional de gas y petróleo, ya había conseguido inhabilitar al abogado en cuestión en varios estados, provincias, territorios no incorporados y dependencias de la Corona; en algunos lugares, pero no en todos, ya no podía ejercer la abogacía, la única profesión con la que siempre había soñado, contó en una entrevista en un podcast desde su casa, donde se encontraba en ese momento bajo arresto domiciliario. La abogacía había sido su única y verdadera pasión, el camino que había escogido para buscar la justicia, y él creía que el espíritu de la ley iba a prevalecer. Esperaba, al menos, dijo en voz baja, que en los próximos días le quitaran el monitor de tobillo, ya que le estaba provocando una reacción alérgica tan dolorosa como desagradable de ver.

Las voces de los distintos expertos en derecho, mis ahora lejanos colegas, me llegaban a través de los auriculares y aparecían casi instantáneamente en el procesador de textos del portátil. Yo apenas era consciente del acto de teclear, y menos aún de los varios procesos de transcripción que se producían en mi interior y convertían los sonidos en letras y las letras en palabras y luego traducían esas palabras en movimientos en el espacio por parte de las yemas de mis dedos, que pulsaban el teclado. Mi mejor momento era cuando me sentía como un vehículo puro, un mecanismo simple de traslado del sonido al texto, organizado ordenadamente en párrafos, para ser fechado y firmado. Yo tecleaba y tecleaba, intentando no escuchar con demasiada atención, equilibrando mi concentración sobre el fino punto de la comprensión. Si lograba mantener ese equilibrio, atendiendo a la estructura de lo dicho en lugar de diseccionar su significado, podría mantener la compostura. El acto de reproducir las palabras de otro de esta manera eliminaba el requisito de escuchar, la atención necesaria se ponía en las propias palabras y no en su significado. En cierto momento se me había sugerido que cuanto menos supiera del asunto, mejor para mí, así que me esforcé por entender lo menos posible, incluso nada, de lo dicho por mis colegas en relación al caso. Una palabra y una palabra y una palabra y una palabra, aparecían en la página una tras otra, acumulando fidelidades, revelando secuencias, produciendo claridad. Se podría decir que la escasez de interés que yo mostraba por el fondo de mi trabajo evidenciaba falta de imaginación, incluso un acto de cobardía. Es verdad, pensé, deteniendo el audio, que la imaginación puede ser una facultad moral, como han sostenido algunos escritores, pero ¿cómo entender su funcionamiento? ¿De qué clase de ser se podía decir que tenía imaginación? ¿Y en esta ecuación, dicho ser era fijo o móvil? Si la imaginación debía entenderse fundamentalmente en términos de moralidad, yo necesitaba saber cómo cultivarla, necesitaba entender los términos y estructuras del bien y cómo conseguirlo. Jamás me atreví a formular esas preguntas en voz alta, tan solo las llevaba en mi interior con la finalidad de contemplarlas. Me parecía que el concepto de cobardía no estaba ni aquí ni allá, pero la acusación de falta de imaginación era algo que yo tomaba muy en serio. ¿No había pasado mi vida imaginándome en la piel de otro? ¿No había hecho lo posible por verlo todo desde la perspectiva de las otras personas y no desde la mía? El problema, me dije, era que, en cierto momento, sin darme cuenta, yo me había separado del principio básico de mis propias malas acciones sobre el cual debería haberse basado la práctica de mis buenas obras. El trabajo de la familia, el orden doméstico. Un problema. Regresé al principio, comenzando nuevamente el proceso. Una y otra vez. Era mi práctica y la repetía con frecuencia, particularmente en aquellos momentos en que no había nadie que me recordara ese hecho crucial y fundamental, el vacío en el centro del trabajo.

Pero estoy otra vez divagando, hacia el pasado, lo cual, después de todo, no es una explicación de nada, siendo tan diversas las líneas de fuga, tan incontestable la cuestión del daño y su reproducción, los comienzos siempre volviendo a empezar. Esta es una historia sobre mi hermano, así que comencemos una vez más.

Propensa como era a la ociosidad, intenté mantener una rutina en ausencia de mi hermano. Cada día descolgaba el hacha de su lugar junto a la puerta trasera y me ponía a partir troncos, una de mis tareas diarias más importantes, ya que, aunque mi hermano tenía instalado el sistema de calefacción central más eficiente, aunque había aislado la casa hasta el techo con las tecnologías más modernas y al mayor coste posible, y aunque las habitaciones de la casa alcanzaban con frecuencia temperaturas abrasadoras ya que mi hermano mantenía las ventanas cerradas y con seguro en todo momento, aun así él seguía necesitando el ambiente y el sentido de la Historia que solo puede ofrecer un fuego de leña. Así que mientras empuñaba el hacha en nombre de mi hermano, y mientras observaba cómo las ramas desnudas se agitaban contra el cielo, me sobrecogía un sentimiento, o me sentía rodeada por una sensación que me precedía y que continuaría cuando ya me hubiera ido, la conciencia de la catástrofe que ocurriría al otro lado de la reja del jardín, una pequeña y precipitada decisión mía que me empujaba hacia ella. Después de todo, no había otro lugar adonde ir, todo llegaba a su fin. Era una anticipación congénita, intermitente y providencial. Apenas disimulada, y no del todo indeseada.

Todo esto era quizás una cuestión de herencia, pensé, las nanas de mi pueblo, del pueblo de mi hermano, del pueblo mío y de mi hermano, que hablaban de aldeas en llamas, de exilio, en fin, de una cierta expectativa de vida que se nos transmitió en la primera infancia. Mi pueblo: sí, eso eran, tenía que admitirlo, después de años de negación, de mezclarme con extraños, si algo había aprendido era que no tenía otro pueblo que no fueran ellos, y sin embargo, durante mi vida adulta, y aunque busqué por todos lados, nunca parecía haber nadie cerca. De vez en cuando buscaba a mis compañeros de colegio en internet, sus cuentas en las redes sociales llenas de fotos de grandes casas en zonas residenciales, idénticas en todos los aspectos a aquellas en las que habían crecido. Yo recordaba esas casas de mi infancia: el brillante y desnudo suelo de madera, el aroma perpetuo de ropa limpia ascendiendo desde el sótano, el espacio y la privacidad concedidos incluso a los hijos más jóvenes. Yo adoraba esas casas, envidiaba a los niños odiosos y la manera en que se movían por el mundo sin fricciones, dando la impresión de estar limpios y no tener historia, como gentiles, como gente no manchada por una vergüenza ancestral. Aprendí muy temprano que el dinero podía limpiarte y convertirte en quien quisieras. Mi hermano, me pareció, también había aprendido eso, purificándose, moviéndose por el mundo con soltura, dejando que la única cosa que diera forma a su destino fuera su voluntad de acumular y ejercer poder en el mundo, en todas sus diferentes esferas. El pasado, que yo supiera, no frenaba a ninguna de ellas. Por mi parte, aprendí que nadie obtenía lo que merecía. En los años intermedios, mientras me desplazaba por esas fotos o hacía clic en ellas, a menudo me preguntaba quién de nosotros podría decirse que era más perverso: mis compañeros de clase, todos y cada uno de los cuales, al parecer, se habían apartado del mundo para retirarse a sus enclaves, escogiendo la vida de sus padres; o yo, que desde la infancia estaba atormentada por la sensación de que necesitaba limpiarme, de que lo único que necesitaba para ser libre era quitarme físicamente de la compañía de las personas que constituían la comunidad en la que yo había crecido, como si la vida fuera fácil, o incluso posible.

Yo había sido una decepción en muchos sentidos, pensaba a menudo, para mis padres y hermanos, que no podían comprender mi perversidad en este aspecto o en ningún otro, para todo el clan familiar, por casi las mismas razones, y para mis maestros, en cuya presencia me negaba rotundamente a recitar las bendiciones en las ceremonias del Sabbat todos los viernes por la tarde en el aula. Fue el único acto de rebeldía que me permití de niña, y llegó a definirme, no importaba lo mucho que me esforzara en ser buena, si yo perseveraba en esa inexplicable negativa a participar, la luz de la gracia estaría y continuaría siéndome negada. En años posteriores, bastaba con que se sospechara mi intransigencia, aunque yo mantuviera la boca cerrada, la cabeza gacha, y me dejara utilizar en beneficio de los demás, aun así, la bondad me eludía. En cuanto a mis amigos, no los tenía, aunque en la escuela había sido brevemente popular cuando se supo que el sobrino nieto de un afamado escritor de memorias del Holocausto me había tomado de la mano. Mi proximidad con este niño, una especie de celebridad en la comunidad, me volvió aceptable, incluso ligeramente deseable, brevemente, demasiado brevemente. Nuestra relación no duró mucho, ya que el niño pronto descubrió mi predilección por la autoflagelación, que, aunque no fuera necesariamente una tendencia poco característica de nuestro pueblo, yo había modulado de una manera extraña y malsana, según me dijo, aunque no con tantas palabras. Yo había perdido mucho en los años intermedios, y lo que había aprendido era que no estaba mal quedarse en el sitio. Por fin, sentí, había llegado a este lugar donde nacieron nuestros antepasados y del que habían huido, donde mi hermano había decidido vivir, donde yo no tenía derecho a tener un pasaporte o documentos de ciudadanía de ningún tipo, aunque mi hermano se las había arreglado para conseguirlos y más, mucho más, para él.

 Y así, cuando mi hermano se fue, solo unos pocos días después de mi llegada, me dejó al cuidado de la casa y también de su perro, cuya existencia yo apenas acababa de descubrir, un pequeño y enfermizo animal que pasaba sus días, por lo que pude ver, vomitando sobre las moquetas y alfombras de la casa de mi hermano la poca comida que había conseguido tragar. Era difícil discernir la raza de este perro, tan enmarañado tenía el pelo, tan retraídas sus extremidades, de las cuales yo solo alcanzaba a ver tres, y tan inusual el sonido que hacía, pero era de un color café claro, y mi hermano dijo que se llamaba Bert, poniendo a la criatura entre mis brazos. Resultó que el perro tenía un problema en los testículos, el veterinario había recomendado la castración, una solución que mi hermano no podía aceptar y así se lo dijo, sin ambigüedades, pero el veterinario insistió, hubo una discusión, intervinieron las autoridades, y finalmente mi hermano se vio obligado a darle al veterinario autorización para extirparle los testículos al perro, me dijo, señalando la cicatriz rosada que tenía cerca de sus partes. Uno raramente se podía reír de mi hermano. Cuando hablaba, sus palabras parecían asumir una presencia real en la habitación, parecían creíbles, incluso exigían un tipo de respeto ansioso. Asentí seriamente a modo de respuesta. Él dejó de mirarme, asqueado, molesto, antes de hacer rodar su maleta por el vestíbulo y salir por la puerta.

Me llevó varios días y una serie de encuentros con los pocos colmillos que le quedaban, pero al menos el pequeño perro Bert y yo llegamos a conocernos, alcanzando un mutuo aunque vacilante respeto. Yo seguía con mi rutina, saliendo a caminar por el bosque y subiendo hasta el páramo; debido a sus variadas dolencias físicas, Bert no me acompañaba en esas deambulaciones, limitándose sabiamente a una lenta y deliberada descripción de la terraza a un lado de la casa de mi hermano. Pero Bert y yo pasamos bastantes tardes agradables juntos en esa terraza, o en el jardín del fondo, que estaba cercado con setos de laurel, yo tomando el sol en una silla, él olisqueando el perímetro, manteniendo la distancia el uno del otro pero no obstante llevándonos cordialmente. Nunca me habían gustado mucho los perros, ni yo a ellos, pero Bert era una criatura considerada, un cazador de ratas, con un aire de silenciosa dignidad que tal vez provenía, me pareció, de sus malformaciones físicas.

En los días y semanas que siguieron a la partida de mi hermano, algo en mí se calmó. Era como si hubiera estado viviendo mi vida con el trasfondo de un ruido tremendo que yo no sabía que estaba ahí y que había cesado súbita y absolutamente. Mi percepción se proyectó hacia fuera. Ahora veía la hierba, la veía crecer, veía cambiar al verde, notaba las nuevas alturas alcanzadas por las ramas. Puse muchísima atención. Era confuso caminar por el bosque día tras día, registrar los fascinantes e imposibles cambios que sucedían de un día para otro. Todo aquello me mareaba. Me sentía como si hubiera recordado algo olvidado hacía mucho tiempo. Por un lado, estaba el viento. Por otro, el silencio, que parecía abrirse y atravesar mi entorno cuanto más tiempo permanecía en el lugar. En mi paseo habitual subía por la colina boscosa detrás de la casa, cruzando una serie de zonas bajas y pantanosas al igual que zonas más altas y bien drenadas. Caminaba por ese bosque diariamente, fijándome un día en las copas de los árboles, otro en las ramas, o si no en las diminutas plantas en la base de los árboles, los musgos que cambiaban de color. A pesar de esta atención detallada, para mí siguió siendo un paisaje sin nombres: las plantas eran diferentes a las del país que yo había dejado, las cuales de todos modos habría sido incapaz de identificar, y mis búsquedas en internet no daban ningún resultado en inglés. Como no podía interpretar los signos diacríticos de la lengua del país, la forma de las palabras en mi boca tan solo podía ser una aproximada traducción homófona. Así, aunque caminé por el bosque casi cada día del año, me sentí perpetuamente ajena a él, como en efecto me había sentido ajena de la mayoría de los entornos en los que me había encontrado a lo largo de mi vida.

A unos seis kilómetros detrás de la casa, pasando la línea de árboles, en una hondonada entre dos colinas, había un pequeño lago de agua dulce. Una delgada capa de hielo aún cubría la superficie del agua cuando yo llegué esa primavera, y me gustaba tumbarme bocabajo en la orilla del agua y observar las extrañas formas moviéndose debajo de mí. El lugar estaba relativamente protegido y, por debajo del sonido del viento entre los pinos, el silencio sonaba y sonaba. Conforme regresé a ese lago en los meses subsiguientes, aprendí que esa cualidad era intrínseca del lugar: no era solamente el contraste entre el viento y la quietud; el tamborileo del silencio en el lago ejercía una presión física que, aunque no era precisamente dolorosa, me abrumaba y me inmovilizaba en ese lugar a menudo durante horas. En ocasiones el silencio era un sonido: un rumor, como el de una nevera en una casa vacía por la noche, era tangible, yo lo sentía al igual que lo oía, y sin embargo sabía que lo que sentía y oía era una nada, algo que no estaba ahí. No había árboles por los que soplara el viento, ni cables eléctricos por encima o por debajo del suelo, solo el propio suelo, cubierto, esa primera vez que lo visité, de escarcha. Y sin embargo ahí estaba: presencia y ausencia retorciéndose juntas. Durante toda mi vida, gran parte de la cual había pasado en soledad, desarrollé el hábito de hablar en voz alta, a mí misma o al entorno: a veces era para reunir valor, alguna palabra amable para ayudarme a seguir adelante a pesar de todo; en otras ocasiones para expresar observaciones sobre el paso del tiempo. En la cuenca del lago, mi voz regresaba a mí, y sonaba cercana, más íntima que nunca. Hablé y me escuché largamente mientras observaba las formas oscuras moverse dentro del hielo cada vez más fino. No puedo decir si alguna vez alguien me escuchó mientras estaba así ocupada: si así fue, tan solo fue una conducta entre muchas otras, verdadera o falsamente denunciada, que más tarde se usaría contra mí.

3

UNA LENGUA MORIBUNDA

Lo que necesita explicarse es que, y esto era algo gracioso, muy gracioso, yo no hablaba el idioma. No era por falta de esfuerzo, pues me había inscrito en unas clases diarias durante las seis semanas previas a mi mudanza, clases que continué a distancia cuando llegué al lugar. Yo era aplicada. Era meticulosa. Por las razones que fueran, no se me pegaba. Hasta ese momento nunca había tenido problemas aprendiendo idiomas, desde niña había hablado cuatro idiomas, al menos dos de los cuales había perdido con el paso del tiempo, y aun así en la universidad continué estudiando lenguas extranjeras de manera desordenada, y aprendí el alemán y el italiano con facilidad; de hecho, la facilidad con la que leía y escribía, por no hablar de la soltura con la que conversaba, en estos idiomas tras apenas un mes de asistencia a clases semanales dejó boquiabiertos a mis profesores de alemán e italiano, y no en menor medida por un cierto aire de pasmada que yo siempre había tenido. Los profesores me colmaban de elogios, poniéndome como ejemplo delante de mis compañeros de clase, que me despreciaban con razón, en primer lugar porque parecía gustarme llamar la atención, aprovechando cada oportunidad para responder las preguntas que nos hacían los profesores, pronunciando frases con múltiples cláusulas para exhibir mi virtuosismo lingüístico, disfrutando de todas y cada una de las sílabas que salían de mi boca y que llenaban el aula donde estaba sentada junto a mis compañeros, quienes observaban el espectáculo con mudo aborrecimiento, sospechando que yo tenía un conocimiento previo de los idiomas y que era, de hecho, una tramposa. Pero la lengua materna de los lugareños me resultaba frustrante, aunque no era frustrante para mi hermano, que desde hacía tiempo dominaba el idioma, que ya de niño odiaba cualquier señal de debilidad, que siempre se ponía del lado de los ganadores, fuesen del signo que fueran. Durante mucho tiempo no se me ocurrió que mi hermano había llegado a ese pueblo justo por esa razón, no tanto para reescribir la Historia sino para alinearse con los poderosos, como colofón a toda una vida de buscar el dominio.

Pero de nuevo hemos ido demasiado lejos. Limitémonos a nuestros propios motivos. Con respecto al problema del idioma, no era el clima del lugar lo que me impidió aprender, ya que me gustaba el frío, había nacido en invierno, de niña me había tumbado con frecuencia en la nieve, con el traje para la nieve, y observado el cielo blanco durante horas, durante horas. Me parecía que la situación en este pueblo campestre del norte ofrecía una vida robusta, sana, la vida propia de gente de piel tersa y juvenil, en pocas palabras, un estilo de vida mucho más saludable que aquel al que yo estaba acostumbrada, y mi hermano, antes de su enfermedad, había sido precisamente ese tipo de persona vigorosa; podía encontrárselo, en cualquier momento, corriendo una maratón, o remando enérgicamente y en equipo en una canoa por aguas agitadas. Yo, por otro lado, había sido una fumadora empedernida toda mi vida, nada me gustaba más que fumar, es cierto, desde los catorce años podía estar fumando en las esquinas de las calles y en los umbrales de las casas, en callejones y en los huecos de las escaleras, y sin embargo era una fumadora estática, nunca me movía mientras fumaba, odiaba la sensación de fumar y caminar, y caminaba bastante –mi segundo amor, aunque no del todo equivalente, era caminar–, pasaba días enteros caminando de un extremo a otro de la ciudad donde vivía, y luego volvía; iba a pie de una terminal de tranvía a otra terminal de tranvía, de una estación de autobús a otra estación de autobús, de un parque municipal a un polígono industrial, y luego volvía, siempre volvía caminando. Me parecía que estos eran placeres que no debían mezclarse, siempre había querido ser buena, así que, como una especie de ofrenda de gratitud por mi nueva vida, dejé de fumar, y menos mal, pues, teniendo en cuenta como resultaron las cosas, tenía mucho con lo que lidiar.

Al principio me mantuve alejada del pueblo del valle, complementando los comestibles no perecederos que encontré en la despensa de mi hermano con las verduras de la descuidada huerta. Llegué a conocer mi entorno inmediato. Recorrí la casa por dentro y por fuera. Me paré junto a los pinos en el camino de entrada, bajo la arboleda de alisos junto al arroyo, junto a los abedules en el linde del bosque. Sentí la fría tierra de la huerta cediendo bajo mis rodillas, tantas horas pasadas deshierbando, arreglando las vallas y zurciendo las mallas que sujetaban la cosecha invernal. Desenredé los brotes verdes de las enredaderas que habían crecido a su alrededor, preguntándome por la vida de las coles, su corazón y su vitalidad. Ellas no sabían, ¿cómo iban a saberlo?, el cuidado y la atención que yo les dedicaba, y yo las amaba por eso, el misterio esencial de su ser, sin exposición posible, sin la cuestión de conocer o ser conocidas, ¡las hermosas, impensables coles! También el kale, y la mostaza parda, incluso el ajo, que había sobrevivido al invierno, lanzando sus delgados tallos. ¿Entienden lo que digo? La belleza es algo comestible: es un alimento. Me esforcé en aprender quedándome en el mismo sitio. Estudié bajo las plantas, bajo los gusanos, sentí cómo la textura de la tierra, en la que todos estos organismos vivían, cambiaba con las estaciones. Me preguntaba cómo podía una persona, un pueblo, echar raíces. Las raíces y el desarraigo, la preservación de lo poco que queda del pasado, esos eran los pensamientos que me asaltaban una mañana cualquiera, estando muy quieta en el porche, o en el jardín con los pies descalzos, sintiendo súbitamente: ese sonido, esa ráfaga, ¡es el viento!, ¡son los árboles! En una ocasión, durante una tormenta, un sauce cuyas raíces no eran muy profundas se derrumbó. Fui a verlo a la mañana siguiente, bajo un cielo tranquilo y claro. Era un árbol joven con largos mimbres rojos; ¿por qué me entristeció tanto? Estuve a su lado durante un rato antes de, y esto no tiene explicación, agacharme y cortar sus ramas con unas tijeras de podar que guardaba en el bolsillo del peto. ¿Qué quería yo de esas varas de sauce? Era como si estuviera animada por una fuerza exterior que dirigía mis acciones, me descubrí poniéndolas a secar, recogiéndolas de nuevo una o dos semanas después, entretejiéndolas hasta formar cestas, mis manos parecían guiadas por una corriente en mi cuerpo, mis manos que hasta entonces no habían mostrado ninguna aptitud para las manualidades, no, ni siquiera las más básicas habilidades motrices, siempre había sido torpe, y aun así vi cómo la cesta tomaba forma ante mis ojos. ¿Era posible que la memoria muscular fuera histórica? El patrón de la cesta, de esa cesta en particular, transmitido de generación en generación, viviendo en latencia, solo se activó en mí, inexplicablemente, en un día claro después de la tormenta. Otra mañana me descubrí cortando juncos y tejiéndolos en varias formas y figuras, que alineé a lo largo de una de las ventanas de la habitación. ¿Para qué eran? Para hacer compañía, sí, señales externas de mi existencia, del ser vivo que era yo. Y también gestos de gratitud al lugar, ofrendas al mundo que me rodeaba.

Sentada una tarde sobre una roca junto al arroyo, observé el agua que corría por debajo del hielo derretido, haciendo figuras, y luego el hielo mismo, en sus incalculables matices de blanco y gris y azul, qué larga y encantadora y terrible la primavera, que increíble estar viva. Si pudiera ser cualquier cosa, pensé, sentada en mi roca, comiendo una barrita de cereales, sería ese hielo, con sus multitudes, siempre en proceso de transformación. No tardé demasiado en sumergirme yo misma, por supuesto, en el lago en la colina, rompiendo las transparentes capas de hielo con mi bastón, adentrándome lentamente en sus aguas oscuras, más y más hondo, sintiéndome al borde de algo, del hundimiento, pensé, sin saber cómo llamarlo. Otra manera de decirlo es que comencé a tomar conciencia de los ritmos del lugar, e incluso, desde la distancia, del pueblo.

Estaba, por ejemplo, el comportamiento extraño de los perros. Tres veces al día, al alba, a mediodía y cuando se ponía el sol, en todas las esquinas del pueblo, por alejadas que estuvieran, cada can, como movilizado por una fuerza misteriosa, se ponía alerta y aullaba en un largo, ininterrumpido y colectivo aullido. Y había otros sucesos peculiares, unos más alarmantes que otros, pero llegaré a ellos a su debido tiempo. La gente, por su parte, por lo que pude ver, tenía rostros blancos y cerrados. Estaba segura de que tenían su propio carácter y sus propios intereses, pero esas cosas eran difíciles de discernir a distancia. No obstante, continué observándolos al igual que ellos, lo sé, me observaban a mí. Se hicieron evidentes algunos patrones, días de trabajo y de descanso, días de fiesta, días de mercado, días reservados a la devoción religiosa. Comencé a amar al pueblo del valle, que desde la casa de mi hermano sobre la colina se veía tan limpio y ordenado. Comencé a amar a la gente, cuya historia yo sabía que estaba entrelazada con la mía, cuyos antepasados habían vivido junto a los míos, habían trabajado con ellos, compartido el pan con ellos, vivido bajo el mismo cielo, padecido el mismo frío, las mismas plagas, las mismas inundaciones, el mismo tipo de catástrofes durante un tiempo, durante un tiempo. Ya que todo llega a su fin, sí, como las vidas de mis antepasados habían llegado a su fin, la vida misma y la vida tal y como ellos la conocían, sin saber nunca, sin entender nunca por qué ni para qué, solo que una sensación que durante siglos se había intuido debajo de las costuras había salido a la superficie. ¿Cómo, entonces, no amar a esta gente, que representaba lo más cercano a una herencia que yo podía tener? Me preguntaba cómo me recibirían. Por supuesto que había oído historias de otros encuentros semejantes, de escupitajos y pedradas, de desfiguraciones y agresiones, pero esta gente, me parecía, era diferente, ellos eran serios, devotos. Sobre todo, intuí, entendían la importancia de percibir las cosas sin usar sus nombres, que los nombres eran secretos, sagrados.

Finalmente llegó el momento en que tuve que abandonar el aislamiento de la casa y del bosque e ir a comprar provisiones. Sabía que, lo pretendiera o no, me estaría presentando en público como la representante de mi hermano, como la única persona que, en ausencia de su esposa e hijos, se ocupaba de sus asuntos. No podía mostrar ninguna señal de debilidad. Haría que mi hermano estuviera orgulloso de mí. Me vestí con cuidado con una de las prendas sueltas de lino que había adquirido con los años y un largo abrigo para el frío y fui a pie por el camino, una sola vía pavimentada que llevaba hasta el valle, donde en cierto punto se cruzaba con las pocas calles secundarias que constituían el pueblo. En el centro del pueblo había una iglesia, no había nada siniestro en eso, y alrededor de la iglesia, un cementerio. Siempre me habían gustado las iglesias, especialmente las rurales como esta, rodeadas de árboles tal vez plantados en la época de construcción de la iglesia, iglesia y árboles creciendo juntos a lo largo de los años, de los siglos, ¡qué vida tan larga e ininterrumpida la de ese pueblo! Imaginé los bancos de madera limpísimos, la sensación de arrodillarse sobre las baldosas, la austeridad de todo, admiraba mucho las iglesias, sí, y sin embargo confieso que nunca había puesto los pies en una, entonces tenía como ahora un miedo supersticioso a cruzar el umbral, dejando pasar la oportunidad de ver por dentro algunas de las más famosas iglesias y catedrales durante los viajes de mi juventud. Aun así, me gustaba mirar por la ventana de mi habitación en el segundo piso de la casa de mi hermano hacia el valle, y ver el chapitel de la iglesia alzándose entre los árboles, y sentir que era, como de hecho era, un punto de encuentro —de la vida, del espíritu—, una especie de principio organizador que en vano había intentado aplicarme durante toda mi vida. Había tantas cosas que cumplir, tantas buenas acciones que una no tenía ninguna expectativa razonable de llevar a cabo, por los recursos de una, por la voluntad de una, y que gravitarían sobre toda la vida de una, estos fracasos específicos, representando metonímicamente, por así decirlo, el profundo fracaso espiritual de la vida de una, y la comunidad siempre pidiéndole cuentas a una. Era diferente en la Iglesia. Yo sentía que en la Iglesia una comenzaba con el principio del pecado original, la culpa de una asumida desde el principio. Desde la infancia yo siempre me había sentido sobre un precipicio, buscando un estado de gracia, siempre inalcanzable para mí, siempre a punto de caer. Probé el yoga, intenté estar en armonía con la Madre Tierra, pero solo congeniaba con algunos pedazos. Me gustaba observar el chapitel de la iglesia tal vez porque veía en él la posibilidad de una vida de obediencia donde los pecados de una habían sido asumidos y ya redimidos. Tales eran mis reflexiones mientras caminaba hacia el pueblo por primera vez, cruzando la carretera para ver de cerca los azafranes que crecían en el camposanto, sonriéndole a la propia iglesia, que seguía allí tras todos esos años, sin haber sucumbido al fuego o a las inundaciones, a los desastres naturales o a las catástrofes provocadas por el hombre, un lugar cuyas puertas se mantenían inmemorialmente abiertas, un lugar donde se acumulaba la confianza arrastrando consigo a la gente. De hecho, tal como se vería, apenas podía imaginarse un edificio más alejado de Dios.

Mi hermano me había dado a entender que el motor de la economía del pueblo era, o al menos había sido, el comercio de lápidas, en el que, naturalmente, él mismo tenía una participación. De las canteras aún podía extraerse piedra para ese propósito, un número cada vez menor de talladores aún la tallaban, y las lápidas resultantes eran enviadas para señalar el lugar de descanso de los muertos a todo lo largo del país. Muchos de los terrenos del pueblo era propiedad de la compañía extractora, pero quedaba una pequeña granja que administraba la comunidad dedicada al cultivo de frutas y verduras y la cría de ganado vacuno y ovino. Tal vez, me había dicho mi hermano una tarde por teléfono, podría encontrar una manera modesta e inofensiva de involucrarme en aquel empeño, hacer el esfuerzo de asimilarme a la comunidad local, por una vez participar de las cosas que sucedían a mi alrededor. Había una hoja de turnos en la tienda, me explicó, donde uno podía apuntarse para llevar a cabo tareas como ordeñar, dar de comer, pasear, esquilar, clasificar, cardar, hilar, ayudar en el parto de corderos, limpiar, cavar, deshierbar, desbrozar, podar, labrar, sembrar, esparcir, cercar, encalar, raspar, regar, erigir, desmontar, soldar, separar, enganchar, desenganchar, limpiar y transportar al matadero. Mi hermano no había especificado para cuál de las prácticas mencionadas podría estar yo capacitada, ni me dio ningún consejo relacionado con los detalles de cómo comunicar mis intenciones; mi dificultad para aprender el habla común le seguía resultando penosa, se sentía avergonzado e incluso ofendido, y lo consideraba una terquedad por mi parte.

El camino que salía de la casa de mi hermano se convertía, ya en el valle, en la calle principal del pueblo, donde se encontraba la tienda, una especie de almacén de artículos básicos. Estaba sobre un solar pavimentado, vacío salvo por un único surtidor de gasolina y una pequeña edificación de madera con ventanas sobre cuya entrada colgaba un letrero de neón en letras cursivas con el nombre del lugar. Debajo de este había un segundo letrero, con rayas amarillas y blancas, que decía: CAFÉ. Al asomarme por una ventana advertí que la mitad del local estaba ocupada por una serie de reservados, un mostrador con una hilera de taburetes donde la gente se sentaba a comer los platos que una esperaría encontrar en una cafetería de carretera de ese tipo, admitiendo por supuesto ciertas variaciones regionales, como el tipo de moras usadas en la tarta, el grosor de las patatas fritas, la clase de tostada que se servía junto al plato de huevos, la marca del refresco de cola, etcétera, etcétera. Aunque a estas alturas de la historia no hace falta explicarlo, podría citarse aquí la vasta y duradera influencia de la cultura de carretera estadounidense de mediados de siglo, el imperialismo cultural, el imperialismo militar, la larga marcha de la cafetería estadounidense, su ascenso y caída, su resurgimiento en la actual era de la nostalgia, cuando una se descubre anhelando un teléfono fijo, un dial giratorio, los duros bordes de una cinta VHS, el olor de un videoclub un viernes por la noche, la vida comercial de otra época en la que sabíamos ligeramente menos, nuestra época dorada personal, sí, sí. Desde fuera, la tienda, y especialmente la cafetería, parecían un refugio de la época de la ansiedad, por no decir terror, en que una vivía. Yo deseaba tanto poder sentarme a solas en uno de esos reservados y beber una taza de café que una camarera rellenaría periódicamente, tal vez fumar un cigarrillo, comer un trozo de tarta. Pasaría mucho tiempo, supuse, antes de reunir el valor de sentarme a solas en la cafetería, primero debía conquistar los pasillos de la tienda, el mostrador, donde, sin duda, la dependienta presidía la caja registradora.

Aquella primera ocasión en que entré en la tienda estaba en un estado de agitación extrema, deseaba muchísimo causar una buena impresión en la dependienta y sin embargo sabía que no tenía ninguna esperanza de conseguirlo, ya que, como resultado de mis continuados fracasos en aprender su lengua materna, no podíamos comunicarnos salvo señalando y asintiendo, y aunque era habitual que la gente del país hablara inglés, yo no podía contar con que nadie estuviera dispuesto a hacerlo. Así pues, la prevista dificultad era doble: primero, el fracaso general de mi propia expresión, la cual, cuando no estaba afectada por la afasia —receptiva o expresiva— o la disfasia, del mismo orden, o por la afonía, por el tartamudeo o el ceceo, por la pérdida de control de mis cuerdas vocales y a veces de los músculos de mi rostro, era, en el mejor de los casos, ambigua e incluso oscura. En segundo lugar, estaba el problema de la comprensión por parte del oyente, teniendo en cuenta la brecha del idioma, la incapacidad o falta de voluntad del oyente, su nivel de pérdida auditiva –congénita, selectiva, provocada por una herida o como resultado natural del envejecimiento– y otros factores. Así que cada vez que alguien intentaba dirigirse a mí, para ubicarme, para saber de dónde venía, aunque sin duda ya tenían esa información de segunda mano por mi hermano, quien, como ya dije, hablaba con fluidez, dominaba el acento regional e incluso el dialecto local, su diferencia era apenas perceptible, estaba a un pelo de distancia de la cultura dominante, yo sentí una renovada sensación de vergüenza y fracaso por ser incapaz de hacer lo mismo, por presentar una prueba más de la arrogancia de los angloparlantes, del modo en que se las ingeniaban, en virtud de su lengua materna, para llevar la destrucción consigo a cualquier parte del mundo, y lo sentí por los habitantes del pueblo, quienes, sabía, con el paso del tiempo solo conseguirían resentirse por ese fracaso. Así que cuando me detuve en silencio frente al mostrador de la tienda del pueblo en aquella primera visita, en un estado de confusión exacerbada, intentando contar unas monedas que aún no conocía bien, y haciéndolo con lo que a cualquier testigo debió de parecerle una lentitud deliberada y obstructiva, busqué algo que salvara la situación. Mis ojos se posaron en un pedazo de papel amarillo rayado donde otras personas habían firmado con sus nombres en recuadros dibujados a mano, nombres que yo no podía leer. Supe, o al menos intuí, que debía de tratarse de la hoja de turnos de la granja comunitaria. Mi mirada encontró el único rectángulo vacío y, antes de que pudiera evitarlo, tomé el bolígrafo que estaba en el mostrador, una acción más osada de las que estaba acostumbrada a ejecutar, y escribí mi nombre. Mientras lo hacía, me dije a mí misma que, después de todo, me correspondía ceder mi tiempo libre a esta iniciativa comunitaria, hacer algo para mostrar mi gratitud por el hermoso lugar en el que vivía, por mi vida, que hasta entonces había transcurrido sin mayores tragedias ni desastres, sin lesiones graves, sin enfermedades debilitantes, sin pobreza y sin que me faltara un techo, sin adicciones ni súbitas conmociones, sin amores perdidos por no haberlos tenido nunca, sin secuestros ni intentos de asesinato, sin extorsiones ni chantajes, sin agresiones que pudieran ser denunciadas, investigadas y juzgadas, sin ningún genocidio ni exilio en mi generación, había sido afortunada, sí, había tenido más suerte que la mayoría, debía aportar mi granito de arena, ayudar a la comunidad, pagar mi deuda. Volví a colocar el bolígrafo en su soporte y me aventuré a mirar a la dependienta. Su boca era una línea delgada y sombría, y tenía una mano debajo del mostrador, para alcanzar, pensé locamente, algún tipo de arma, sí, pensé, había llegado mi hora, naturalmente, y lo tenía merecido, pues aunque por un lado me pareció que se esperaba de mí que prestara un servicio a la comunidad, por el otro había tomado la iniciativa sin que me lo hubieran pedido, sin conocer los detalles del proyecto o la manera de hacer las cosas que sin duda habían inculcado a los lugareños desde la infancia y que a mí me costaría dominar a pesar de mis mejores intenciones y esfuerzos sinceros. Siempre había sido torpe, incluso completamente inepta, y me di cuenta con horror de que, al firmar en esa hoja de turnos, aparentemente para ofrecer mi ayuda, en realidad me había convertido en una carga para los lugareños, que deberían enseñarme cómo hacer las cosas, explicarme con gestos y dificultades su forma de ser, la práctica local de la cría de animales, que deberían dedicarme su limitado tiempo solo para que yo pudiera sentirme bien conmigo misma por mi participación en la sociedad. No estaría mal, pensaba desde hacía tiempo, que alguien terminara con mi sufrimiento, en cualquier caso era demasiado tarde para rectificar mi error, ya no podía borrar mi nombre, no tan pronto y no bajo la vigilante y suspicaz mirada de la dependienta. Estuve un momento así, conteniendo la respiración, esperando a que la dependienta alzara la mano que tenía bajo el mostrador, cosa que hizo, y estaba vacía, por lo cual, razoné, debía de haber presionado alguna especie de botón de alarma escondido astutamente bajo el mostrador, para llamar a los guardias o a la policía local, para soltar al gran perro negro que yo había visto en la perrera, detrás de la tienda. Miré a mi alrededor, esperando ver a un grupo de hombres, un grupo de mujeres, una jauría de perros entrando por la puerta principal, por la puerta que daba a la bodega, pero no sucedió nada, no vino nadie. Cuando mi mirada volvió a posarse sobre la dependienta, no parecía estar sonriendo, no, no del todo, pero tomó las monedas y billetes de mi mano y contó lo que le pareció que era la cantidad correcta por los artículos que yo había puesto en el mostrador en lo que ahora me parecía un pasado lejano. Me abrió la puerta al salir, yo había comprado más cosas de las que me cabían en la bolsa, por culpa, por pánico, y me vi obligada a cargar con mis manos ciertos productos, como una canastilla de fresas cultivadas en el invernadero del pueblo, una botella de leche de una de las cabras locales y una caja de huevos de las gallinas. La dependienta no me apuró a salir, y sin embargo la puerta se cerró rápidamente tras de mí, de modo que me vi súbitamente y una vez más en el aparcamiento, observando el único surtidor de gasolina que, advertí por vez primera, pertenecía a la compañía que representaba el despacho de abogados para el cual estaba yo trabajando. Vidas superpuestas, la lógica concéntrica del mundo y sus continuas apropiaciones. Sentí una tristeza sin motivo.

No obstante, pensé, metiéndome una fresa en la boca, era primavera. Al menos eso. Por supuesto, las gaviotas se cargaban a los patitos, las cornejas a los polluelos, y los gansos salvajes masticaban sobre la tierra exigua. No crecía hierba, solo margaritas. La estación magra y hambrienta perduraba, por supuesto, por supuesto. Pero aun así algunas cosas crecían, aun así había vida. Día tras día yo ratificaba el silencio, rumiando, rumiando el asunto. En su casa, mi hermano tenía una serie de esculturas de piedra hechas por un artesano local. En su estudio, con vistas a uno de los muchos arroyos que discurrían por la zona, este hombre tallaba imágenes de la fauna del lugar en piedras de la cantera local. Desde la intimidad de su casa, escribió numerosas cartas de queja a las autoridades locales, que a su vez se las habían pasado a mi hermano. A mi hermano le encantaban esas cartas, las disfrutaba enormemente, le parecían bellas, escritas con letra fluida, en párrafos meticulosos, llenas de exigencias e interludios para el alma. Ya no dormiría más, así comenzaba una carta, me contó mi hermano. Se pondría en contacto con sus abogados y con los abogados de los dueños de la tierra. No habría, escribió con esa letra exquisita que yo nunca había visto personalmente pero que podía imaginarme perfectamente, ninguna turbina eólica; no habría vallado para los ciervos; no se plantarían árboles ni habría control del crecimiento de los juncos, no habría abejas, ni nuevas construcciones, no habría impuestos a las segundas residencias ni a los alquileres temporales, no habría impuestos al turismo, ni reintroducción de castores, ni gatos monteses, ni osos, ni zorros, ni extranjeros, solo las cosas como siempre habían sido, solo la naturaleza y la mirada. ¡Oh, los rododendros! (Crecían profusamente junto a su casa). ¡Oh, qué temas! Me pareció haberlo visto una vez, andando por el camino que llevaba al pueblo, que estaba rodeado de árboles aún en pleno desarrollo. Tenía una espesa cabellera blanca y llevaba la camisa desabrochada hasta la mitad del pecho. Estaba muy bronceado. Caminaba con dignidad.

He aquí, pensé mientras caminaba lentamente de regreso a casa, los dedos manchados por las fresas frescas, he aquí lo que sale a la superficie después de tantas agonías y convulsiones. Pronto, ya ni siquiera íbamos a necesitar retirarnos al desierto en busca de un espacio de contemplación y abnegación. Pronto, la ascesis personal aparecería en la forma de una nueva carta, un suceso más de mortandad masiva, una migración más detenida por la aniquilación total. La naturaleza y el bienestar, el Ministerio del Interior, todo tipo de vagos y delincuentes. Yo quería ser buena en este mundo terrible. Pensé en las aves. Acumulé fidelidades en este espacio de rendimientos decrecientes. Por un lado, me pareció que mi obediencia por fin había sido recompensada. Por el otro, en esta campiña fría y hermosa, temí estar viviendo una vida que no había hecho nada por merecer y tuve la seguridad de que sufriría una represalia rápida y feroz. Mientras mordía la última fresa, comencé a llorar porque el lenguaje, sentí, ya no estaba a nuestra disposición, porque no había nada en la palabra que pudiéramos usar. Nada se asentaba en su lugar.

No puedo explicar ahora qué me impulsó a ir al bosque esa noche, recoger las hierbas y juncos que conocía tan bien de vista, aunque no de nombre, y elaborar con ellos figuras que poseían cierta importancia para mí, y luego, en las primeras horas de la mañana, mientras los lugareños dormían y la luna trazaba su curso nocturno, montarme en la bicicleta e ir entregando esos talismanes en determinados lugares del pueblo. La granja, que parecía tan esencial para la vida de la comunidad; la tienda, por lo mismo. También me aseguré de bendecir, con mis ofrendas, los lugares que me parecían sagrados para los durmientes lugareños —su iglesia, la plaza del pueblo, donde semanalmente se instalaba el mercado— al igual que las casas de aquellos que yo sabía que eran personajes importantes. Ante cada uno de esos lugares pronuncié en voz baja palabras de devoción y, cuando terminé mi ronda, volví a montarme en la bicicleta y me dirigí a casa de mi hermano. A mi regreso, dormí profundamente, un descanso denso y sin sueños.

Mientras esperaba el dictamen de mi solicitud (pues así me lo parecía ahora) para trabajar en la explotación del pueblo, no me podía estar quieta. Como una manera de administrar el tiempo libre, me impuse un horario, planeando mis actividades cada cuarto de hora, diseñando espacios en los que pudiera contenerme a mí misma. Comencé a confeccionar alfombras, espantosamente, con sábanas viejas y otros trapos que reforzaba con arpillera que encontré en el desván de mi hermano. Se las regalé a Bert, que al instante se orinó encima. Seguí buscando flores y hierbas que más o menos se parecieran a las que había estudiado en un libro de plantas medicinales, con la esperanza de extraer de ellas alguna esencia curativa. Los muñecos de junco, que seguía confeccionando con tanto cariño, seguían alineados en el alféizar de la ventana de mi habitación. No tenía ningún objetivo particular al hacer estas figuras: su aparición en las puertas de ciertos habitantes del pueblo aún no había provocado ninguna reacción. Una nunca sabía cómo iban a ser recibidos sus regalos. A menudo caminaba largas distancias, escuchando atentamente mi respiración, inspiraba y espiraba contando hasta tres, hasta cuatro, o hasta cinco. Me circunscribía a ciertas rutas para minimizar la posibilidad de encuentros inesperados o indeseados. Me vestía con cuidado, según el tiempo que hiciera, de los pies a la cabeza, comenzando con calcetines de lana cuya costura alineaba exactamente con las puntas de los dedos; a continuación me calzaba las botas, forradas o no según la estación. Luego venían las bragas, y acto seguido los pantalones de montaña, que me ponía con dificultad, eso sí, debido a las botas ya tan bien atadas. La camisa seguía a la camiseta interior, y después, por supuesto, me ponía el jersey. Una chaqueta, tal vez, o un impermeable. Sobre la coronilla, el pelo, donde crecía, y sobre el pelo, un sombrero. De esta manera me preparaba para la caminata, ya fuera larga o corta, fácil o ardua, tomaba todas las precauciones posibles con respecto a la vestimenta. Tras esos preparativos, tomaba el bastón de senderismo de su lugar del otro lado de la puerta principal y salía paso a paso en silencio, no queriendo perturbar el espíritu de la casa ni alertar de mi presencia a ningún ser vivo del exterior. Me deslizaba por el camino que subía por detrás de la casa, de puntillas, conteniendo la respiración, hasta que ganaba cierta distancia y tenía la certeza de que nadie me observaba, después de todo ¿a quién podría importarle yo? Nadie se interesaría por mí, yo solo estaba saliendo a caminar con una indumentaria correcta, apropiada para el clima, fuera de la vista del pueblo o de cualquier otra vivienda humana, sin la intención de quedarme mucho tiempo en ningún lugar en particular, ni, ciertamente, de dejar huellas de mi presencia, si es que eso era posible, y sin embargo, desde la presentación de mi nombre a los lugareños, había sentido —¿de qué otra forma describirlo?– una intención o una susceptibilidad dirigidas hacia mí. No llevaba encima ningún cuchillo, ni cerillas, ni siquiera una brújula para orientarme si me perdía en el bosque o en el páramo. Mis ropas estaban hechas con tejidos naturales y, si por alguna razón fueran abandonadas, se descompondrían con el tiempo, regresarían a la tierra, aportándole nutrientes y generando un nuevo crecimiento. Sí, confiaba en que me guiara la providencia y, de hecho, nunca me perdí.

Al mismo tiempo, e incluso en esos paseos claramente delimitados, descubrí que había muchas cosas que perturbaban la sensación de estabilidad y contención que tanto trabajo me estaba costando conseguir. Verjas cerradas por donde antes una había tenido derecho a pasar. Senderos donde una caminaba con regularidad ahora descuidados, apenas transitables. Regresaba exhausta de esas salidas, como si la propia tierra, que antes había sido completamente indiferente a mi presencia, finalmente se hubiera percatado de ella y, de forma desfavorable, se esforzara por expulsarme. Aunque no era la evolución que había imaginado, no era más de lo que tenía derecho a esperar. ¿Quién era yo? ¿Por qué había venido? Yo no era del pueblo, eso era evidente, ni siquiera de los alrededores, y, a diferencia de mi hermano, carecía de la cualidad esencial que me hubiera permitido superar estos defectos básicos. Yo no era del lugar, por lo tanto no era nada. Yo era una nada, una forastera indeseada que, no obstante, se imponía continuamente, día tras día, una especie de presencia espectral que merodeaba en los límites de la vida del pueblo, cuyas intenciones eran oscuras y que por alguna razón demostraba una fidelidad terrible a la idea de no moverse de ahí. El paisaje primaveral parecía reforzar mis impresiones de que no había lugar que permaneciera imperturbable, un lugar donde hallar descanso de las consecuencias de cada paso en falso, patético o deliberado, que había dado desde mi llegada. Tal era el derrotero de mis pensamientos cuando regresaba de mis caminatas, el tipo de asuntos sobre los que podía estar pensando mientras me desvestía a la inversa, de arriba abajo, separando el sombrero del pelo de la coronilla, la chaqueta del jersey, el jersey de la camisa, la camisa de la camiseta; pasando entonces a los pantalones, tirando nuevamente pero en la dirección opuesta sobre las botas, quitándome las bragas de la misma forma, desatando las botas, quitándome finalmente los calcetines y poniendo los pies sobre el suelo de madera. Cuando finalizaba todo el proceso, me sentaba un momento en la cama, practicando la atención plena, usando la respiración para calmar mi cuerpo y mi espíritu, ralentizando los pensamientos hasta que, gradualmente, muy gradualmente, no quedaba nada. Sí. Entonces podía ver con claridad. La calma espiritual nunca la alcanzaría, pero sentía que eso era mi salvación.

En una ocasión, me topé con una oveja embarazada que se había enredado en una cerca de alambre para ganado. Era a finales de abril, la época del nacimiento de los corderos, y una ventisca prácticamente la había cubierto. Evidentemente, llevaba allí algún tiempo y se había puesto de parto, porque de su parte trasera sobresalía la cabeza de un cordero, ya muerto, con los ojos picoteados por las aves. La oveja apenas se movía. La liberé de la cerca y caminé hasta una casa próxima, donde vi a un hombre acercándose a un granero. Lo seguí. El granero estaba lleno de partes de coches de diferentes épocas. La carrocería de un cacharro turquesa colgaba del techo con cadenas. Un coche rojo deportivo era visible debajo de unas sábanas. El hombre me miró cuando entré, limpiándose las manos con un trapo. Hablé en mi lengua materna, intentando contarle el asunto de la oveja. El trapo siguió moviéndose por el dorso de sus manos. Gesticulé, y así tuve un poco más de éxito, pues el hombre pareció entenderme y se enfadó muchísimo. Gritó palabras con muchas sílabas en el idioma que yo no entendía. Finalmente, se dirigió a una mesa que había al otro lado del granero y sacó un teléfono de debajo de montones de papel, bolsas de patatas, cajas de comida para llevar y cosas así que sepultaban el mueble. Comenzó a marcar y me hizo un gesto para que no me moviera. Yo no veía cómo mi presencia podía mejorar el desenlace de la situación. Así que me fui. Fue mi primer acto de desobediencia deliberada desde que llegué al país, el primero y, me juré en silencio mientras salía del granero, el último.

Pese a esa convicción, poco después advertí que la desconfianza local hacia los forasteros en general parecía dirigirse particularmente hacia mi caso. Relacioné eso con el incidente de la oveja embarazada y supe que se me hacía responsable de lo ocurrido. Aunque no se había presentado ninguna denuncia individual o conjunta ni contra mí ni, que yo supiera, contra mi hermano, estaba claro que se me acusaba de haber obrado mal, pero de una forma y en una lengua que no podía entender y, por lo tanto, no podía abordar. Era una sensación conocida: dondequiera que hubiera estado en mi vida, siempre fui una forastera, una advenediza, a veces una usurpadora, en ocasiones una conspiradora, había algo en mi sangre que me hacía sentir de esta manera e igualmente algo en mi sangre que hacía sentir lo mismo a los demás, que yo era rara de alguna manera, que no se podía confiar en mí. A veces esto se manifestaba de la manera habitual, y en otras ocasiones la culpa hacía que la gente fuera magnánima. Debido tal vez a cierta incomodidad con mi origen étnico, como se decía entonces, a menudo me nombraron, por ejemplo, tesorera de organismos para los que trabajaba como voluntaria, sin importar que no tuviera experiencia manejando dinero o presupuestos y que rara vez llevaba encima o poseía los documentos de identidad que me hubieran permitido cobrar un cheque. Aun así, deseosos de demostrar que eran de mente abierta, ilustrados, incluso tal vez (acaso lo susurraban entre ellos, sonriendo) liberales, fui elegida para desempeñar esa función no solicitada de tesorera en varias ocasiones a lo largo de mi vida profesional. Me esforcé en estar a la altura de esos nombramientos, revisando mis sumas con una calculadora, obligándome a interesarme por los detalles que todos suponían que ya eran del mayor interés para mí, las pequeñas economías, el ahorro de céntimos, el cobro de intereses. Casi nunca duraba mucho en esos cargos, me transferían a otras áreas; mis habilidades particulares, nunca dilucidadas, se necesitaban urgentemente en otro lugar. En otras palabras, me había acostumbrado a ser objeto de un interés ligeramente sórdido, ligeramente enfermizo, y aunque me esforzaba por corregir lo que se conjeturaba sobre mí presentándome sumisa y limpia, planchada y acomodaticia, pocas veces obtenía el éxito que deseaba.

En el pueblo, por ejemplo, noté que los niños se habían convertido en la fuente de una ansiedad particular, tal vez porque había muy pocos, todos alumnos de la escuela, que tenía una sola clase. Había un elaborado sistema de supersticiones con respecto a estos niños y su educación, de tal forma que las madres con frecuencia cubrían los ojos de los niños que iban atados en sus cochecitos si por casualidad me los encontraba por la calle y aventuraba una sonrisa. Cuando caminaba por la calle principal del pueblo bajo el sol primaveral, con la nieve estacional derritiéndose en la acera, y me topaba con una joven madre, tal vez de mi edad, con quien probablemente en otra vida habría entablado una relación, incluso una amistad, de inmediato colocaba la capota del cochecito con un digno pop. Pop, pop, oía yo por toda la calle principal, mientras caminaba de manera lenta y deliberada, pop, pop. Lo entendía. Me había dado cuenta de que ahí en el norte yo también me había vuelto supersticiosa. Tenía mis rituales. Me sacrificaba de todas las maneras posibles. Salía a caminar y no hablaba con nadie. Cuando iba al pueblo a hacer la compra, algo que ahora hacía cada pocos días, mantenía una sonrisa plácida en mi rostro, una de mis expresiones menos censurables, pensaba. Sabía que, fuera a donde fuese, me iban a timar: por lo que sabía, ninguna de las tiendas tenía marcados los precios de los artículos a la venta, al menos no en los sistemas numéricos que yo conocía, y como no podía preguntar, tenía que conformarme con la cantidad que se le ocurriera a la persona que estaba en la caja. Sin embargo, como no entendía el idioma en que todo esto sucedía, la sensación de vergüenza que estaba acostumbrada a sentir era mucho menos intensa que en mi vida anterior, y me complacía darme cuenta de eso. Estaba acostumbrada a estar sola. Desde la infancia tuve el instinto de aislarme, tal vez sabiendo incluso entonces que el retraimiento era mi único talento, la única manera que tenía y que tendría siempre de ejercer algún control sobre las situaciones en las que me fui encontrando a lo largo de mi vida, un control insignificante pero que no obstante era todo lo que tenía. Mis hermanos, naturalmente, me habían apoyado en este empeño, alentándome a suprimir, cuando surgía, cualquier atisbo de ambición o incluso de autoestima, mi hermano mayor en particular se había consagrado desde hacía mucho tiempo a la búsqueda de lo sagrado, que en su opinión solo podía hallarse a través de la mortificación diaria del espíritu, la mayoría de las veces el mío, pero debo concederle que luchó intensamente para mantener un sentimiento de vergüenza propio, a él no le resultaba tan natural como a mí, ese permanente estado de deshonra. En cierta forma, había dicho, dándome palmaditas en la mano, la aflicción lo simplifica todo.

Mi encuentro con la oveja agonizante y su bebé muerto fue el primero de una serie de acontecimientos desafortunados que ocurrieron esa primavera cuando mi hermano no estaba. La nueva vida del año llegaba con dificultad, su valor flaqueaba a cada paso, algo que yo podía entender, los trabajos y sufrimientos de la vida me eran tan familiares como a la mayoría, y entonces una llegaba al mundo después de hacer un tremendo esfuerzo tan solo para convertirse en una monstruosa flor más en estos días tardíos. Mientras caminaba por el bosque, en ocasiones pensaba que tal vez no todos me deseaban el mal. Y entonces oía una voz interior diciéndome: No, no. Es improbable. Y me sentía cerca de esa gente, los compadecía. En verdad los entendía. Nunca había sido capaz de vivir en mi vida. Lo cual no significa que intentara vivir en la de los demás, simplemente que desde pequeña fui muy atenta, recibía instrucciones fácilmente e intentaba vivir de acuerdo con las narrativas que ponían a mi disposición. Con este último punto tuve problemas. Por ejemplo, me costaba entender mi vida en términos de la travesía del héroe, que, según un documental que había visto en la televisión en la adolescencia, caracterizaba los mitos y leyendas que a su vez formaban la base de las narraciones con las que muchas naciones, religiones, grupos étnicos, tribus, familias e incluso individuos se entendían a sí mismos. Para comenzar, evidentemente yo no era un personaje principal, nunca había sido viajera —a excepción del actual desplazamiento a casa de mi hermano— y tampoco podía entenderme a mí misma como guía o ayudante mágica en el camino, porque, francamente, ¿de qué le servía yo a nadie? A pesar de todas las molestias que me tomé por mis hermanos, mis colegas, mis conocidos, me había dado cuenta de que nadie nunca parecía haber mejorado con mi intervención. Me parecía que esto tenía que ver con los caprichos del sufrimiento humano, y, sin embargo, a veces me preguntaba qué podía decir eso de mí, alguna pobreza espiritual mía, sin duda, un fallo de atención, aunque era mi atención, o más concretamente y por lo general mi presencia en el momento de una revelación personal e imprudente, lo que parecía ser el problema. Apenas decía nada, y sin embargo era demasiado. Siempre demasiado. Juré hacerme más y más pequeña, un juramento que había hecho en numerosas ocasiones en mi vida; después de hablar demasiado atropelladamente en el comedor de la escuela primaria o en los pasillos del instituto, me sentaba en mi habitación diciéndome a mí misma una y otra vez, hora tras hora, que no pronunciaría una sola palabra al día siguiente, que me limitaría en todos los sentidos, que ocuparía menos espacio.

Pensé en una chica hermosa que me había buscado cuando yo tenía dieciséis años, tal vez por curiosidad, era natural que a esas alturas yo despertara cierta cantidad de interés malsano, y yo me convertí en devota de esa chica, hacía todo lo que ella me pedía, cualquier prenda de ropa, cualquier accesorio que ella elogiaba, yo me deshacía inmediatamente de él y se lo entregaba, vivía para ella, pero nada de eso contribuyó a que ella me quisiera. Me acusó de ser perversa, de intentar vivir en su vida, y cuando finalmente me distancié de ella, me persiguió. A lo largo de los años ella volvía a encontrarme y volvía a acusarme de lo mismo, que yo me había llevado su vida, robado su espíritu, se lo había quitado todo. Yo estaba segura de que después de veinte años, incluso tal vez cualquier día en este remoto país del norte, ella me encontraría y me acusaría de saquear sus sueños, de haber arruinado cualquier éxito al que ella hubiera aspirado, llevándome conmigo a todas las personas que ella había amado o podría haber amado, cuando, en realidad, no había sabido nada de su vida desde hacía muchos años, no tenía ni idea de a qué gente trataba, a qué profesión se dedicaba, sus gustos y aversiones, si había aprendido a conducir o a dibujar o si tenía hijos. Yo tan solo deseaba que fuera feliz, y sin embargo sabía que eso, también, tan solo sería otra cosa imperdonable. Bien entrada en la adultez y aun con la mejor voluntad del mundo, todavía no dominaba el arte de saber decir que no alegremente, todavía me vencían los ataques de magnanimidad, que irrumpían de pronto y en momentos inoportunos, provocando que cualquier persona que me hubiera mostrado la más mínima amabilidad se arrepintiera de inmediato, abrumada por mi alud de generosidad, al que difícilmente podían corresponder.

Afortunadamente, a medida que me hacía mayor estos casos eran cada vez más infrecuentes. Intentaba contenerme, no era bondad lo que yo ofrecía en esos momentos, la bondad, me recordaba, no se anunciaba, la bondad se moderaba, se sometía. Tales eran las enseñanzas que recordaba de mi época escolar, de la clase de Tradiciones, de las lecciones del cuaderno de ejercicios que nos habían dado, en cuya cubierta había una fotografía de un jugador de béisbol que había respondido felizmente a una llamada espiritual. Cada vez que pensaba en mi comportamiento, luchaba por provocar en mí una sensación de vergüenza y tal vez incluso de terror, dos pequeñas burbujas que se balanceaban una contra otra dentro de mí, alimentándose entre sí, volviéndose más activas, volviéndose malignas, nutriéndose de su hospedador, creciendo prodigiosamente en tamaño, presionando mis paredes interiores, sofocando, sofocando, y entonces mi respiración se aceleraba y se volvía superficial y mis vasos sanguíneos se estrechaban, y yo necesitaba tranquilizarme, y pensaba en el desierto, que me parecía el hábitat ideal, un hábitat lleno de nada, repleto de nada, una nada que se posaba en los hombros de una para hacerle compañía. Algún día, me dije a mí misma mientras recuperaba el aliento, me retiraría al desierto, ¿por qué no?, ¿quién me lo impediría?, a algún lugar en el sudoeste de Estados Unidos, me retiraría a una cueva en las colinas, una cabaña de madera en un valle, viviría rodeada de silencio, viviría en contemplación, hablando, sin saberlo, un nuevo lenguaje, el lenguaje particular de cada ser y objeto sobre la tierra. Sí, eso me gustaría, pensé, visualizándome en la boca de la cueva, sentada en un porche de madera, mientras estaba recostada en la cama ornamentalmente tallada de mi habitación en la casa de mi hermano, permitiendo, como hacía a menudo, que mis sueños se expandieran en mi mente. Y entonces por fin, por fin me dormía.

4

SOBRE LA AGRICULTURA COMUNITARIA

Una mañana, mi hermano me telefoneó desde un lugar que no quiso revelar, evidentemente le habían llegado noticias de mi imprudente incorporación a la agricultura comunitaria, durante el curso de nuestra conversación se hizo obvio que recibía informes periódicos sobre mis idas y venidas, que se había tomado una decisión y que los responsables, nunca nombrados, le habían pedido que me tradujera mis nuevas tareas. Esa tarde debía presentarme en el establo, el edificio más grande, con el propósito de limpiarlo, una operación, explicó mi hermano, que consistía en arrastrar con la horca el estiércol y la paja de las vacas a un rincón en particular. Antes había allí un rebaño pequeño, dijo mi hermano, menos de diez vacas lecheras muy queridas, cada una con su nombre, su personalidad, sus propias lealtades. (¡Oh, la vida secreta de las vacas!). Un día, dijo mi hermano, las vacas sufrieron un raudo y total ataque de locura. Dieron coces a sus ordeñadores, arremetieron contra la verja, se lanzaron contra las paredes, bramando y bramando. Como resultado, el colectivo de voluntarios que regentaba la granja comunitaria llegó al consenso —palabra interesante, que sugiere consentimiento, que sugiere su manufactura– de que se debían tomar medidas, de que había que sacrificar a las vacas. No había nada que hacer, era algo que ocurría muy pocas veces, esa especie de histeria colectiva bovina, la masiva enfermedad psicogénica de la vaca. Se acordó que el principal cuidador de las vacas, un hombre tierno y tímido de mediana edad, que las amaba sinceramente, se encargaría de sacrificarlas a todas, Millie y May, Bluebell y Buttercup y Mayflower, todas muertas ya, todas enterradas en una tumba colectiva detrás del granero, una suerte de túmulo en el que habían comenzado a crecer las margaritas.

La exterminación del rebaño se había llevado a cabo varias semanas antes, no mucho después, de hecho, dijo mi hermano, de mi llegada, y nadie había entrado en el granero desde entonces. Me gustó la idea de la tarea, solitaria y claramente definida; las otras manos en la granja ese día estarían construyendo un gallinero en el patio y parcialmente en el bosque; las gallinas, me enteraría en el curso de mi demasiado breve aprendizaje, descendían del faisán asiático y eran felices en el denso sotobosque. Este gallinero, dijo mi hermano, era una fuente de malestar general, una señal más de que el gobierno, muy lejos en una ciudad del sur, dictaba al resto del país cómo debían vivir, mientras el dinero, la inversión en infraestructuras, circulaba exclusivamente en las metrópolis del sur y ciertas áreas del centro que convenían políticamente. Uno veía el mismo proceder en todo el mundo, continuó diciendo mi hermano como decía siempre, y yo casi podía verlo golpeteando el periódico para dar énfasis a sus palabras. Resumiendo, el Departamento de Asuntos Agrarios y las autoridades asociadas habían notificado a los dueños de aves domésticas que se había producido un brote de gripe aviar en una de las naciones vecinas, una nación que había sido, sucesivamente, aliada y enemiga, invasora y liberadora, y que, como medida de precaución y por un periodo de tiempo no especificado, todas las aves domésticas, incluyendo pero no limitándose a las gallinas, los gansos, las palomas, los patos, etcétera, iban a tener que estar protegidas de sus hermanos y hermanas salvajes, ya fuera en gallineros o en establos, en corrales o en casas. Circularían inspectores, se impondrían multas. Para ello se construiría el gallinero, considerado la opción más humana de todas las disponibles, pues simulaba el hábitat usual de las aves. Las gallinas podrían campar a sus anchas, el corral incorporaría algunas de las características de su entorno favoritas, como matas de hierba, helechos, zonas resecas debajo de ciertos árboles donde les gustaba escarbar y rascarse, bañarse en la tierra y cacarear alegremente. Por consiguiente, me explicó mi hermano, los lugareños estarían ocupados aquella tarde, cuando yo debía presentarme para mi primera sesión como voluntaria, todos ellos lejos del establo, sin riesgo de verme, menos aún de cruzarse en mi camino; mi hermano dejó claro que, una vez que hubiera llegado, no debía alejarme del establo por ninguna razón hasta el momento en que hubiera terminado mi trabajo y pudiera regresar a su casa. Eso debía hacerlo directamente, debía montar en mi bicicleta y pedalear sin detenerme, sin mirar ni a la izquierda ni a la derecha, sin mirar hacia atrás, manteniendo la mirada al frente, sin desviarme del camino.

 Tras colgar el teléfono, me senté en la terraza, en una pequeña mesa a la sombra de un roble al que acababan de brotarle las hojas y que empezaba a desplegar su vasta y hermosa copa contra el cielo. El día se presentaba fresco, yo estaba tomando café, comiéndome un cruasán que había comprado poco antes, después de muchos malentendidos y ofensas en la panadería del pueblo, mientras Bert describía su circuito meditativo a lo largo del perímetro. Se podría decir que en esos momentos nos sentíamos bien, nos compenetrábamos el uno con el otro y con nuestro entorno. Fue una hora de paz excepcional, sentí que había logrado algo, algo pequeño, el hallazgo de la belleza, de la soledad, por fin un momento de contemplación, y en pleno día, antes incluso de la hora del atardecer, que había sido, en mi antigua vida, el único espacio de tiempo en el que mi mente podía desvincularse de las exigencias del día, del rigor de comportarse de acuerdo con las expectativas. La contemplación, me constaba, era el principio de la devoción: atender a la gente y a las cosas del mundo había sido una práctica de vida para mí, mi principal preocupación de algún modo, ya que debía aplicarme con la mayor seriedad para estar a la altura de mis contemporáneos en cuanto a comportamiento social y buenas costumbres. A través de estas reflexiones aprendí que a la gente le gustaba el confort y la prosperidad, que estas eran cosas deseables; a lo largo de los muchos años en que había cuidado a mis hermanos y, cuando estaban en casa, también a mis padres, sentí la suavidad de estos, la esencial ausencia de forma de sus cuerpos, la permeabilidad de su carne, que yo temía, pero también deseaba que me consumiera por completo.

 La austeridad era mi preferencia personal, las paredes de mi apartamento en la ciudad habían sido pálidas, los muebles, escasos, los rincones sin polvo. Me gustaba sentarme a mirar por la ventana, que daba a un callejón arbolado, mi barbilla apoyada en el alféizar para sentir la ciudad y el tiempo que hacía sin necesidad de estar en medio de ellos. Sabía, de hecho me lo habían dicho, sin rodeos y en muchas ocasiones, cada uno de los miembros de mi familia y por turnos, que eso era un lujo, que yo era desconsiderada, incluso egoísta, que estaba cometiendo un sacrilegio, pues ¿no habían dicho siempre los rabinos que el Señor no había creado el mundo para la desolación sino para que el hombre viviera en comunidad? De esta manera mi familia me atraía de vuelta a casa una y otra vez a lo largo de los años.

Mi bondad y complacencia eran estudiadas, ya que desde la infancia había querido ser buena, siempre, y aun así en vano, pues desde el principio me habían señalado para castigarme. De niña, tenía las respuestas correctas y quería darlas, y por esa razón los profesores encontraron razones para ponerme en mi lugar, para asegurar que yo fuera humillada delante de mis compañeros, expulsada de la clase y tal vez excluida del colegio completamente. Con estos fines en mente, los profesores usaban todo tipo de tácticas, acusándome de plagio, prohibiéndome presentarme a los exámenes, planteándome delante de la clase cuestiones filosóficas que excedían en mucho lo que abarcaba el plan de estudios de primaria, y en sus esfuerzos obtuvieron éxito, al igual que mis hermanos y en menor medida mis padres habían tenido éxito con objetivos similares en casa. No levanté más la mano. Permanecí callada. Y sonreí, oh, sí, sonreí. A solas con Bert en el jardín de mi hermano, estaba decidida a quedarme por fin sola en este espléndido lugar donde mi fatal hambre de aprobación no sacaría lo mejor de mí. Sorbí mi café como para sellar la intención, sonreí de nuevo, puse la taza en la mesa de hierro forjado junto a la que estaba sentada bajo el roble, y entonces levanté la mirada.

Ante mí estaba una mujer, y junto a esta mujer, una perra, una perra preciosa, orgullosa y alerta con una noble complexión debajo de lo que era, debo admitirlo, un bonito pelaje de color canela y negro. No había oído a la mujer entrar en el jardín, y no había otra forma de entrar más que a través de la casa, yo misma había accedido al jardín a través de las puertaventanas del salón rococó de mi hermano. A menos que esta mujer, cosa que me parecía improbable, se hubiera arrastrado a través del seto de tilos, que se veía especialmente robusto con su atuendo primaveral, debía de haber entrado por la puerta principal, que yo suponía cerrada con llave, o a través de una ventana, todas las cuales se mantenían cerradas, luego había entrado en el salón y después cruzado las puertaventanas y, lo que es más, se las había arreglado para hacerlo todo sin que yo me diera cuenta. Su pelo no estaba nada despeinado, de hecho, se la veía muy aseada y bien arreglada si bien en un estado de furia, el cual yo no podía explicar ya que era ella la que estaba irrumpiendo, pues yo no había visto a esta mujer ni a su impresionante perra en mi vida. Aun así, me vi a mí misma sentada ahí, la usual expresión plácida en mi rostro, y pude entender perfectamente su enfado. Lo único que quería era aplacar a esta mujer, tranquilizarla, invitarla a sentarse a tomar una taza de café y, como no podía ser de otra manera, dejar que se desahogara conmigo. Aunque sabía, conforme los músculos se expandían en mi cara, que sería un error, le sonreí a la mujer. Ella continuó observándome con una mirada especial que me había acostumbrado a ver en las caras de los locales cada vez que me los encontraba. La perra —una pastora de los Cárpatos, supe después, una raza excepcional y valiente— permanecía perfectamente quieta. La mujer estaba aquí para transmitirme un mensaje de algún tipo, o para darme un recado, pues ¿por qué si no se encontraría en el jardín de mi hermano en este (todo hay que decirlo) día espectacular?, así que esperé. Me pregunté cómo se desarrollaría la interacción entre esta mujer, una de las habitantes del pueblo cuya existencia yo hasta ese momento no había ni sospechado, y yo, que no había logrado aprender a hablar o incluso entender las frases más básicas de su idioma y de su gente. Esperé, permanecí callada.

La mujer acabaría revelando sus intenciones, de eso estaba yo segura, se veía muy decidida allí de pie con su vestido camisero amarillo, muy pintoresca con la perra a su lado, el jardín detrás y alrededor de ella, que con su vestido primaveral parecía pertenecer al lugar. ¡Oh, soles!, pensé, ¡oh hierba de las tumbas! Había estado leyendo poesía esa mañana en el jardín y seguía exultante. Sentía como si pudiera ponerme a llorar por la belleza de todas las cosas, por el mundo que desaparecía. En otra vida, esta mujer y yo tal vez hubiéramos compartido nuestras pesadillas esa mañana al calor de un café. Solo que en otra vida, sí, sí. Yo sabía que había algo en mí que formaba parte del problema pero que no podía nombrar ni precisar, sin embargo sabía que estaba en mí. Pero la Historia también era parte del problema, reflexioné. Sentí que los lugareños, a pesar de la respetabilidad de mi hermano, a pesar del poder de propietario del que se valía, sabían lo que éramos, de dónde veníamos, un lugar que alguna vez existió al otro lado del bosque y que ahora solo se mencionaba en susurros. Me habría gustado decirle a esta mujer que no tenía ningún deseo de ser superior a los demás, que, si pudiera, me tiraría al pozo al otro lado del bosque, que algún día encontraría mi camino de regreso ahí y nunca volvería, nunca me volverían a ver. Ay, no podía formular esa frase complicada, no podía expresar estas abstracciones, estas morbosidades, sobre todo porque no la harían confiar más en mí, no, y no cuando yo ni siquiera podía formar la palabra «hola». Hola, dije en voz alta, sobresaltándome. La mujer palideció. Palideció; pero ¿por qué palideció?, ¿qué podía temerse, en el jardín? Yo no la había atacado en los minutos transcurridos desde que la descubrí invadiendo la propiedad de mi hermano, y no había razón para suponer que lo haría ahora. ¿Qué había que temer en mí, la persona más benigna, más insípida de la zona, notablemente débil y de complexión pequeña?

Al examinarla más de cerca, me di cuenta de que la fantástica perra, que estaba tan serenamente sentada junto a su dueña, estaba embarazada. ¿Era por esto que la mujer había venido? ¿Algo que ver con el embarazo de la perra, tal vez para venderme un cachorro? Como si hubiera oído mis pensamientos, la mujer asintió. Señaló a Bert, que había elegido ese momento para orinar en uno de sus arbustos favoritos. ¿Bert?, dije. La mujer asintió de nuevo, luego señaló a su propia perra. Durante un tiempo continuó de ese modo, haciendo otros gestos menos claros. Al rato comencé a entender lo que quería decir. Alguien había inducido a creer a la mujer –yo no podía imaginar quién y por qué razón– que Bert había preñado a su magnífica perra. Por supuesto que ella no podía conocer el complicado historial médico de Bert, la extirpación de sus testículos, la pérdida de una de sus patas, no obstante, y de cualquier modo, hasta donde yo sabía él nunca se había aventurado fuera de los confines de la casa y sus jardines, ciertamente no el tiempo suficiente como para haberse apareado con esta perra extraña, que estaba segura de que ni Bert ni yo habíamos visto jamás. No, no, le dije a la mujer. Sí, sí, asintió ella. No había manera de disuadirla, me di cuenta de que, por supuesto, era dinero lo que quería, eché mano a mi bolso, que colgaba en el respaldo de la silla, y saqué un par de billetes. Esto no la satisfizo, pero sí puso fin al encuentro, pues, después de pronunciar en voz baja unas pocas y dignas palabras, por supuesto que ininteligibles para mí, se dio la vuelta y desapareció del jardín.

Toda la situación era tan incomprensible que, tras la partida de la mujer y casi de inmediato, la olvidé por completo. Entré en la casa para calentar mi café y regresé al jardín a tomar el sol. Nada parecía haber cambiado en la casa, en el jardín, en la terraza, nada estaba desordenado, pero era como si mis sentidos se hubieran aguzado. Mi respiración sonaba en mis oídos, el bombeo de la sangre se sentía en mi cuerpo, había un ansia súbita e indescifrable: ansia y ansia y ansia. Qué curioso. Estaba relacionada con esa excitación de miedo que había notado que emanaba de la mujer. Yo nunca le había dado miedo a nadie. Nunca había sido consciente de haber dejado algún tipo de huella en alguien, nunca, que yo supiera, había provocado algún tipo de sentimiento o de reacción sustancial, con excepción tal vez de ese silencioso y escurridizo odio de quien lleva las de perder, y que ya he explicado antes.

Entré en casa a cambiarme para el trabajo de la tarde, asegurándome de que Bert estuviera cómodo en su camita debajo de la mesa de la cocina, y me fui en bicicleta por la carretera. El cielo se había nublado, la luz era ahora dura y brillante, pero el aire fresco tenía una humedad que se sentía bien en mi piel. Tenía tantas ganas de vivir mi vida, quería enfrentarme a ella, sobre todo, quería que algo ocurriera, que este horrible anhelo quedara satisfecho. ¿Qué había debajo de todo, vibrando bajo los rostros de la gente que veía, en sus expresiones? ¿Qué aullidos contenidos ahí, por decoro, por cobardía, por miedo a hundirse? Me conmovían los árboles que flanqueaban el camino, buscándose los unos a los otros y extendiéndose por el otro lado. Las copas de abedules, robles y olmos ondulando contra el cielo, mostrando su lado oculto y pálido con el viento,

¿cómo era posible que eso mismo me abatiera de ese modo? Tan solo era un árbol en primavera, tan solo el recuerdo de estar sentada en las gradas vacías detrás de la escuela, aún niña, sintiendo como si mi piel fuera a reventar, pero nada, nada ocurría nunca. No era un mensaje o un presagio. No era la soledad. ¿Qué, entonces? ¿Qué era este aire que una respiraba?

    En el establo me lo habían dejado todo preparado, no tenía necesidad de preguntar nada, todas las herramientas que pudiera necesitar estaban a mi disposición, la sección del establo donde debía estar el montón de estiércol había sido claramente marcada con lo que parecía cinta adhesiva pegada en el suelo. Comencé. Era un trabajo físicamente exigente pero placentero por esa misma razón, aunque intenté controlar el placer que me producía lo que, al fin y al cabo, era una triste pero necesaria tarea, una tarea que varias personas habían llevado a cabo antes, no como yo, como un pasatiempo, sino acometiéndola honradamente. Sin embargo, tenía la mente clara. En unas semanas sería el solsticio de verano, una fecha cuya importancia yo sentía profundamente pero cuya materialización, de alguna manera, se me escapaba siempre. Otros años lo había pasado bebiendo vino en la terraza de un café de la ciudad, intentando asimilar el característico azul del aire, sentada en silencio. Cada año sabía que una vez más me había quedado corta, sin saber por qué o qué hacer al respecto. El último de los días que se alargaban, pronto se levantaría el viento, todo habría terminado, el largo, largo invierno se asentaría. Había esperado que en el campo sentiría el cambio de las estaciones de una manera diferente, con menos aprensión, y que podría llegar a ver la forma y el plan del mundo. No para enmarcarlo en sistemas de comprensión, de dominación, no, me esforzaría para cederle al mundo su derecho a la ilegibilidad, a moverse en la oscuridad. A tomar forma en su contacto con la gente, pero sin dejar de ser esencialmente él mismo. En el campo superaría por fin esa dificultad final, renunciaría a mi voluntad de conocimiento, abandonaría mi apego a la expresión, y de esta forma llegaría a entender el significado de las cosas.

Trabajé las primeras horas de la tarde en el fresco establo, seguí durante el atardecer y hasta la noche, aprendí que incluso un rebaño de menos de diez vacas podía producir una cantidad considerable de suciedad, y así fui amontonando el estiércol. Vacié cubos de agua sobre el suelo de hormigón y lo barrí con una escoba de mango largo. Cuando terminé, limpié todos los utensilios. Fui meticulosa. Incluso yo, que tan poco sabía, sabía algo sobre las enfermedades y su transmisión. Apagué las luces del techo. Cerré las puertas. Huelga decir que esperaba que mis esfuerzos demostraran algo a los lugareños sobre mi voluntad de servicio y mi deseo de tender puentes, que finalmente había aceptado mi papel y mi responsabilidad en nuestra historia común, un papel cuyos contornos había imaginado vagamente hasta entonces.

La perra y su dueña no volvieron a entrar nunca en el jardín de mi hermano, pero el sábado por la mañana, durante las semanas que siguieron, permanecían al acecho bajo uno de los pinos del camino. Se pasaban las horas allí inmóviles y siempre se iban antes del atardecer. A medida que avanzaba el embarazo, la dueña de la perra estaba cada vez más agitada. A veces la veía meciéndose sobre las puntas de los pies, los ojos cerrados, hablando sola en voz baja, la perra junto a ella. Yo también estaba intranquila. Sabía que Bert era incapaz de copular y mucho menos preñar a ninguna perra, incluso la más fértil, en el mejor momento del celo, no, sabía que era incapaz de eso, pero aun así estaba nerviosa. Busqué en internet la duración del periodo de gestación de una perra; me enteré de que duraba unos sesenta o setenta días, unos dos meses o dos meses y medio. La perra ya estaba visiblemente embarazada cuando me visitaron a principios de mayo, no debían de faltarle más de cuatro o cinco semanas, y esperé con aprensión los resultados de su parto. Mientras tanto, los lugareños habían quedado satisfechos con mi trabajo en el establo y me habían asignado, a través de mi hermano, una serie de tareas más que llevé a cabo en las semanas previas al parto de la perra.

A medida que pasaba más tiempo al aire libre, realizando las tareas de finales de la primavera y principios del verano, sentí los días desplegarse tras de mí y ante mí, notaba cómo el año avanzaba sobre su propio rastro. Era algo que casi nunca había sentido. Mi experiencia de la continuidad se había limitado a la manera en que cada catástrofe se apoyaba en la última, como si ya hubiera ocurrido y siguiera ocurriendo, una y otra vez. Así pues, vivía en la ruptura histórica del presente, en la aberración histórica de mi vida, y me sometía a aquellos que me tenían a su merced en un esfuerzo por ablandar su corazón. Pero ahora, por el momento, las cosas iban bien. Había encontrado una manera de servir a la comunidad, en silencio y a distancia (pues ¿no decían los sabios que las buenas obras se hacen mejor desde el anonimato, sin gratitud?), en la ausencia de mi hermano le había encontrado una forma a los días. Si en las semanas precedentes me habían gustado demasiado mis caminatas entre los árboles llenos de brotes del bosque, si había sentido la menor tentación de retirar mi obediencia, sabía que una vez más tenía que ganar dominio sobre mí misma, sobre los varios y vanos movimientos de mi espíritu.

No obstante, el asunto de la perra estaba allí. Yo creía en la verdad y, sin embargo, si algo había aprendido en la vida era que, en el mundo de la creación, nada permanece quieto, todo cambia y se disuelve. Lo que yo sabía sobre la esterilidad de Bert era un hecho veterinario, tal vez incluso biológico, pero admití que esa era solo una manera de ver las cosas. La mujer tenía, sin duda, su propia visión del mundo, una que era evidentemente incompatible con la mía, pero no menos verdadera, según sus propias reglas internas. Tal vez mi adhesión a un punto de vista particular era una prueba más de mi fracaso a la hora de acabar con el terrible orgullo sobre el cual me había advertido mi hermano mayor y todos mis otros hermanos. El episodio era un recordatorio útil de la esencial flaqueza y debilidad de mi propia naturaleza. Después de reflexionar un poco, decidí que me parecía bien aceptar su versión de los hechos, ya que, después de todo, ella era mucho más creíble que yo, al menos más segura. Así se lo haría saber la semana siguiente, decidí, cuando ella y la perra vinieran de nuevo a pararse en el camino. Sentí calma. Estaba feliz. Le daría a la mujer lo que ella quería. Accedería. Había hecho bien cuestionando mis propios motivos, pensé. Me había acercado al borde de algo. Limpié las paredes del corral, limpié los gallineros, cambié la paja. Regresé por la colina en mi bicicleta, sin mirar a la izquierda, sin mirar a la derecha.

Los días pasaron rápido, un día desaparecía en el siguiente, y a mi alrededor el mundo cambió, el mundo verde se aceleraba. El sábado me levanté temprano y llevé una taza de café al jardín. Sentí un placentero dolor en hombros y brazos. Había pasado la noche anterior limpiando, lavando, encerando, la casa estaba impoluta y olía a almendras. Sentada en el jardín, reflexioné sobre el espacio, sus aspectos público y privado y la relación entre ellos. ¿Qué parte del ser salía a la vista en un espacio como un jardín, cuando una estaba en la propiedad privada de su hermano, y no obstante a la vista de cualquiera que pasara por ahí? La distinción entre las dos esferas, pública y privada, había sido un problema insoluble a lo largo mi educación, particularmente en los años de mi adolescencia, pero incluso antes de eso, sí, mucho antes de eso. En la casa de mis padres –la mía, en cierto modo– yo siempre estaba a la vista, mi aspecto se comentaba mucho, mi desarreglo, físico o emocional, era un tema que se señalaba y discutía, los deseos o inclinaciones que me parecían secretos salían a la luz sin dificultad y se compartían sin escrúpulos. Me di cuenta de que la situación era la misma en el clan familiar y también en las reuniones de la comunidad en general. Esta información era usada como moneda de cambio social, una manera del hablante de forzar una intimidad con alguien sin coste alguno para su propia dignidad; el miembro elegido estaba a menudo, de hecho, presente en las revelaciones, una especie de rehén en la compleja interacción social donde todos fingían buen ánimo. Sí, sí, esa clase de cordialidad me resultaba familiar, nunca escaseaba en ninguna de esas reuniones, bodas o funerales, ceremonias de bautizo o circuncisiones rituales, donde en cada rincón de una sala cualquiera se encontraba esa agrupación de tres personas: una con un brazo paternal sobre el hombro de otra, rígidamente de pie, y una tercera inclinada hacia delante con una media sonrisa conspirativa dibujada en la boca. Yo misma había estado en esos grupos, escuchando cómo un pariente lejano o un antiguo conocido, normalmente un completo extraño, articulaba mis más queridos e íntimos pensamientos, y todos nos reíamos juntos. Cómo nos reíamos. Fue parte de mi formación, ahora lo entendía, había que doblegar, someter, mi orgullo excepcional y mi amor propio, y me tranquilizaba de alguna manera ver que había otros que vacilaban de forma similar, que necesitaban la guía y la mano dura de la humillación pública. Ya entonces lo entendí como parte del proceso de formación de la comunidad, de las operaciones del poder y la delegación de funciones, de quién y qué describía, desde fuera, los contornos de lo que sucedía dentro. Era a finales del siglo xx. ¿Qué nos quedaba? Un libro de oraciones, algunos fragmentos de canciones, una lección de historia que comenzaba con la devastación.

Decidí trabajar un rato en la transcripción mientras esperaba a la mujer en el jardín. Me puse un auricular en el oído izquierdo, dejando el derecho libre para oírla cuando llegara, y comencé a teclear. Fue por entonces cuando comencé a desarrollar una especie de aversión por el trabajo, cometía errores, tecleaba más lento, cortaba párrafos en lugares extraños y descuidaba el uso del punto y aparte. Hasta entonces, la escritura había sido un ejercicio de fidelidad: transcribía exactamente lo que escuchaba dentro de los parámetros de un marco gramatical estricto. El punto y coma debía usarse con moderación para separar dos cláusulas independientes unidas por un adverbio conjuntivo o para separar elementos en una lista que a su vez contuvieran comas. Cualquier otro uso debía evitarse. Ese era el libro de estilo de la casa. Me enorgullecía de una coma bien puesta, de dos puntos aclaratorios. Siempre me había encantado escribir al dictado de mis colegas y organizar sus oraciones según las inmutables leyes de la gramática, convirtiéndolas en las expresiones más puras y cristalinas. Sin embargo, gradualmente, mi adhesión a estas reglas fue decayendo. Me interesé más por el sonido de las oraciones de mis colegas, la forma de sus palabras, los ocasionales y probablemente involuntarios sonidos sibilantes, las repeticiones y omisiones, las vacilaciones o pausas allí donde la gramática no las exigía. Hallé nuevas maneras de registrar esas idiosincrasias usando el espacio de la página. Me pareció que era una forma más fiel de entender el lenguaje que la que había utilizado hasta entonces. La revisión de mi método había sido lenta y cautelosa, hasta entonces nadie la había notado, y por primera vez se me ocurrió que mis colegas probablemente no usaban para nada los documentos que yo transcribía. No había imaginado que mi trabajo tuviera especial importancia, por supuesto que no, sino solo que era una ayuda discreta, que permitía que mis colegas aportaran documentos en momentos clave de su investigación jurídica, en los juicios, que pudieran señalar y decir: Aquí está. Eso era todo. Pensé en el abogado, confinado en su propia casa, sentado en el sofá en chándal, rascándose el tobillo con el monitor. ¿De qué servía el conocimiento? Ahora, cualquiera tenía a su disposición la información que quisiera, se empleaban todos los medios de la modernidad para averiguar hasta el más mínimo dato, pero ni a él ni a nadie le habían beneficiado. Uno siempre parecía caer en las manos de un juez que también era su enemigo. Ningún botín era demasiado pequeño, ninguna ganancia demasiado escasa. Las mismas cenizas de una se pasarían por el tamiz en busca del diente de oro, del anillo de compromiso. ¿En qué estaba pensando? Algo sobre el mundo y su vana promesa del presente. ¿Por qué había creído en ello? La elección, el individuo, el mundo y lo que este hacía posible, por un lado; y nosotros, la familia, por el otro. Para mis padres, el mundo de ahí fuera nunca sería el mundo que ellos habían conocido, ese nunca podría volver, no. Pero, en cuanto a mí, finalmente advertí algo detrás de la absoluta novedad del mundo, una sombra apenas visible bajo las costuras. Aquí estaba yo, sentada en el jardín de mi hermano, después de tanto esfuerzo, de tantos años, sin haber cambiado nada, la ideología subyacente adaptándose una y otra vez a cada liberación que se presentaba. Cambiaban los rostros, claro, pero las formas de proceder persistían, todos y cada uno de los días de nuestra vida. ¿Qué más queda por decir?

Me di cuenta de que ni la mujer ni su perra habían llegado, aunque el sol había comenzado a declinar. Me levanté de la silla y me estiré, notando el calor del sol en la piel, sintiéndome como si estuviera viviendo gracias a un favor extraordinario y así hubiera sido durante un tiempo. Después de todo, la mujer nada tenía que ver conmigo, solo era que me había acostumbrado a verla apostada bajo la hilera de pinos. Si la mujer podía renunciar a su vigilancia, que había parecido tan duradera –parecía, de hecho, haber durado muchos meses, aunque no podían haber sido más que unas semanas–, ¿a qué no podía renunciar yo? ¡Cuán ineluctables eran los caminos por los que una andaba! Y, sin embargo, si algo podía ocurrir, si estaba de hecho ocurriendo siempre, ¿no era lógico que nada, también, pudiera ocurrir? Una podría, en años posteriores, desarrollar la habilidad de frenar en seco, de detenerse al fin y sentarse en el camino, una estaba harta, le dolían los pies, las botas estaban gastadas. Tal vez, después de todo, estaba comenzando a soltar esta fijación inhumana, la congelación en la expresión. Mis sentidos se habían embotado debido a la naturaleza pertinaz de las provocaciones del mundo, y yo sabía que mis hábitos y costumbres serían difíciles de romper. ¿Qué quedaba de mí, después de una vida de servicio? Una intentaba conservar su integridad a través de una mala educación, y no lo conseguía, reflexioné; una había sido educada de cierto modo que, visto con distancia y en retrospectiva, una podría llegar a considerar malsano, si no totalmente depravado. Ese día en el jardín, a la luz del sol poniente —pues, en efecto, el día empezaba a declinar— yo todavía no había adquirido la habilidad de reconsiderar las cosas. No obstante, algo había sucedido, por lo menos me había encontrado con el concepto de hábito y había entendido que la costumbre también tenía su origen.

5

UN RITUAL PRIVADO

Cuando mi hermano regresó unas semanas después, me enteré a grandes rasgos de lo que le había sucedido a la perra. Lo que en cualquier otro lugar habría sido meramente ridículo, fue tratado en el pueblo y sus alrededores como un trágico incidente, pero, principalmente y de manera clara, como un asunto de ocultismo. Lo que quiero decir con esto es que el embarazo psicológico, al que se aludió en los renglones iniciales de esta historia, fue entendido por los lugareños como algo provocado por medios encubiertos y malignos; todo el suceso y la forma del suceso fueron vistos como una terrible calamidad. Eran personas terrenales, no particularmente dadas a asuntos espirituales, pero algo se apoderó de la gente del pueblo esa primavera y ese verano, habían estado sucediendo cosas extrañas y no alcanzarían su culmen con el asunto de la perra, no, y no por mucho tiempo. Yo comprendía perfectamente que la serie de desgracias que estaba sufriendo la vida animal local parecían estar relacionadas entre sí, y que sumadas podían parecer un castigo concertado, organizado, e incluso divino. Y sin embargo no me di cuenta de que una nube de descontento había comenzado a extenderse sobre el pueblo. Hubo ciertos indicios, señales que yo hubiera podido leer de haber prestado atención. Una sensación de cosas deshilachándose. Sí, habían estado sucediendo cosas extrañas en el campo, en la penumbra azul de las primeras horas, a la una de la mañana, a las dos o tres, algunas veces a las cuatro y en un par de ocasiones incluso a las cinco, se oían explosiones intermitentes, como las causadas, por ejemplo —o así lo suponía yo, que nunca he oído el ruido en la vida real, solo en películas y en la televisión, así que no podía estar segura con exactitud, dado el grado de profundidad añadido, la disposición topográfica específica que podía retener el sonido o hacerlo reverberar, provocar su eco—, por un disparo de pistola. En varias ocasiones encontré los restos despellejados de conejos destripados en el jardín, junto al montón de leña, en el escalón de la entrada. Pensé que se trataba de una mofeta, o de un visón, o de una comadreja particularmente voraz, o de una colonia de varios especímenes que se habían establecido en algún lugar cercano y habían encontrado en el jardín de mi hermano un lugar seguro donde devorar sus despojos, en verdad prolíficos, y yo diligentemente limpiaba las sobras, diligentemente, sí. Ya he mencionado la práctica diaria de los perros locales, en la que incluso Bert, que normalmente era tan dócil, tan (¿de qué otra forma explicarlo?) poco perruno que yo creía que estaba por encima de esos asuntos, participaba, frunciendo su pequeño hocico y aullando los más terribles, los más desgarradores lamentos tres veces al día. Cada una de estas cosas yo la explicaba con facilidad: era temporada de caza, sin duda había depredadores en el bosque, el solsticio había llegado y se había ido y los días de verano comenzaban a tener una textura diferente, las cosas se resecaban y menguaban, y una podía sentirlo, lo sentía como los perros lo sentían, la tristeza de los días que se iban, la melancolía del otoño que se aproximaba, tan solo era la rareza propia de la época del año, la perturbación, la muerte que una sentía en el aire y en una misma, la rápida contracción de los días actuando como un recordatorio de todas las cosas que una había pasado por alto, olvidado, y ahora el momento para esas cosas había pasado, ya era tarde, demasiado tarde.

En una ocasión, caminando por el bosque a finales de ese verano, me encontré con la mujer y su perra. Ellas no me vieron a mí. Aunque me crucé con ellas, a veces yendo detrás, incluso caminando a su lado, no parecieron oírme ni verme. La perra no percibió mi olor. Sencillamente siguieron caminando, la perra goteando leche. Por lo que pude ver, no estaban enfermas, no parecían débiles, andando por el bosque y subiendo la colina en silencio, con la espalda erguida, infatigables; tampoco parecían haberse vuelto súbita o especialmente locas, solo haberse mudado a algún lugar más allá del presente. Se mostraron silenciosas y distantes. Me gustaban así, para ser sincera prefería este nuevo estado suyo. Estar junto a una persona que es totalmente otra, ilegible, intacta —como un igual— era un regalo. Lo contemplé entonces y lo recordé durante mucho tiempo desde entonces. Me dio una fuerza secreta, que pensé que se había manifestado por primera vez en mi decisión de aceptar las acusaciones de la mujer, de estar totalmente de acuerdo con ella, de seguirle la corriente, sí, a veces me parecía que fue ese momento el que de hecho había precipitado el estado lánguido y distante en el que se encontraban ella y la perra. Pues ¿no era cierto que, habiendo sido presionadas para conocer su situación contra su voluntad, forzadas a una manera de saber que no era la suya, esta mujer y su perra solo podían haber padecido el más profundo estado de abyección? Y, si lo miramos de otro modo, ¿no había yo provocado ese estado, creado las condiciones para que se produjera solo por fingir que aceptaba, negándome a ello, el derecho de esta mujer a una separación esencial, a su realidad esencial? ¿No había yo precipitado este estado del ser que era, como me quedó claro cuando vi a la mujer y a su perra caminando por el bosque, justo aquello por lo que yo misma había estado luchando? Puesto que no había consuelo posible para la mujer, para la perra, ningún consuelo sería posible ahora, aunque se lo ofrecieran, y menos en este mundo. Ella había sido expulsada de sí misma por una estructura de pensamiento que tarde o temprano nos llamaba a todos y en la que yo había trabajado toda mi vida para someterme a ella. ¿Se podía deducir, entonces, que después de todo yo había alcanzado algún grado de gracia, que, después de todo este tiempo, y sin yo saberlo, había alcanzado el papel de maestra, una especie de guía espiritual, cuyos propios movimientos espirituales eran tan poderosos que podían influir en el pensamiento y en los actos de los demás? No, no, seguramente no, pensé, rascándole detrás de las orejas a Bert, que se había subido a mi regazo. Nada podía haberme inducido a asumir un papel de liderazgo de ningún tipo, yo era una sirvienta fiel y constante, y, sin embargo, aunque nadie podría haber encontrado la situación más imposible que yo, me parecía que mi obediencia había adquirido por sí misma una especie de poder misterioso. Y si se me había concedido este poder, por alguna gracia, contra mi voluntad, ¿no debía entonces hacer uso de él de alguna manera? Tales eran mis reflexiones mientras acariciaba las orejas de Bert, mientras él roncaba plácidamente en mi regazo tras haberse quedado dormido en algún momento de mis meditaciones, que, descubrí al mirar el reloj, habían durado varias horas, ya era casi la madrugada, faltaba poco para la hora de las brujas, como la llamábamos de niños. Empecé a inquietarme, sentía que había estado perdiendo el tiempo, que tan pronto como había intuido mi nuevo poder debía haber comenzado a ponerlo en práctica. ¿Era posible una intervención? Pensé en los lugareños y sus rituales privados, tanto ellos como yo atraídos por las fuerzas invisibles de la historia. Con Bert en brazos subí las escaleras para acostarme.

A la mañana siguiente me encontraba junto al surtidor de gasolina que había junto a la cafetería. Suspendido sobre el aparcamiento había un cielo bajo y plomizo que no proyectaba sombras, por lo que los bordes de todos los objetos se veían afilados y nítidos. Dentro del café, los asuntos de la mañana. Después de todo, ¿por qué molestarlos, pensé dándome la vuelta, por qué forzar el contacto? Dos puntos que nunca se encuentran, que nunca pretendieron encontrarse. No obstante, me dije, una podía dar un primer paso. Una podía establecer las condiciones para una reconciliación, pensé, abriendo la puerta del café. El habitual sonido de la campanita, el habitual silencio súbito, las mismas paredes del café pareciendo tragarse las palabras de los lugareños mientras me observaban cruzar el umbral. Pensé en las entradas de mis años de adolescencia, en las salidas, el aliento contenido colectivamente que acompañaba a esas llegadas y retiradas. A veces me consolaba con la idea de que mi posición permitía la conexión entre los demás, que mi exclusión era un servicio prestado en aras de la cohesión comunitaria. Y esto, me dije, mirando a mi alrededor, esto, después de todo, no era tan diferente. De hecho, reflexioné, esta gente podría ser mi familia, tanto se parecían a mi hermano, a nuestra familia más cercana tal como los recordaba, en el tono de piel, en la estructura ósea, en el pelo escaso. ¿No era aquel que estaba sentado junto a la ventana uno de mis hermanos? Y ahí, en el mostrador, esa pareja mayor: ¿no eran esos mis padres? Me senté en uno de los reservados. Una madre joven que ocupaba la mesa contigua giró el cochecito de su bebé para que quedara de espaldas a mí. Observé los rostros solemnes de los habituales del café, la mano derecha crispándose sobre el regazo, formando inconscientemente la señal, apenas distinguible, de la cruz. Y, sin embargo, pensé ahora, como había pensado otras veces, ¿no era posible que todo eso no tuviera nada que ver conmigo, que el silencio de la gente reunida fuera anterior a mi llegada y continuaría después de que yo me fuera, que cada pareja, cada grupo de amigos, sencillamente se habían sumido en el silencio, por separado y al mismo tiempo, un silencio que después de todo era natural en el curso de una conversación, durante una larga amistad? ¿No era el antagonismo que yo había imaginado durante mucho tiempo más bien una proyección de mi exagerado sentido de la autoestima?, me pregunté, sintiendo cierto consuelo. Miré la mesa, que estaba puesta a la perfección: el mantel de papel, la servilleta de papel, admiré la simetría mientras esperaba al camarero. En algún lugar en el fondo del café sonaba una radio. Aparte de eso, silencio. Finalmente, un hombre más bien joven se dirigió al reservado. Llevaba un delantal indescriptible y mantenía su mirada fija en algún punto más allá de mi oreja izquierda. Yo me había preparado para esto. Señalé la taza de café de la joven madre y después a mí. La madre rompió a llorar. También me había preparado para esto. Perseveré, señalando al mostrador, donde había una tarta de cerezas debajo de una campana de cristal, y después a mí. El joven esperó un momento, seguramente por si había más instrucciones y, al no recibir ninguna más, se alejó lentamente. ¿Acaso no tenía yo derecho a una taza de café, a un trozo de tarta? ¿Después de todo, qué mal había hecho? Y si esta gente se parecía tanto a mi familia para ser básicamente intercambiables con ellos, ¿no se parecían también a mí? ¿Qué me distinguía especialmente de ellos? En ese momento, el joven salió de detrás del mostrador sosteniendo una taza de café con las palmas de las manos. Caminó muy lentamente, un pie detrás de otro, sus ojos clavados en el borde de la taza, el líquido apenas moviéndose, los ojos de los lugareños fijos en él, le tuve lástima, tan diligente, tan cuidadoso, bien sabía yo lo difícil que era llevar una bebida a una mesa sin derramar su contenido, sin perder la sensibilidad en las manos y sin dejar caer la bebida, o un plato, o una bandeja, yo había hecho eso muchas veces. Observé con la cabeza inclinada cómo colocaba la taza en la mesa, ante mí. Noté que la tensión en la cafetería se relajaba un poco. El joven se retiró detrás del mostrador, de donde salió un momento después con el plato de tarta. Esta vez lo trajo con más facilidad. Con el máximo cuidado, colocó la porción de tarta en la mesa, pero, debido a un desafortunado temblor de los dedos, a una súbita pérdida de la fe, el plato fue impulsado unos centímetros más allá de lo que él había pretendido, chocando contra el salero, que cayó de lado. Un error insignificante, algo que había pasado muchas veces, pensé estirando la espalda, enderezando el salero, echándome una pizca de sal por encima del hombro izquierdo, un gesto automático, un viejo hábito aprendido en la mesa del Sabbat. La joven madre emitió y luego ahogó un grito. El camarero huyó detrás del mostrador. Las manos de los otros comensales, que se habían mantenido quietas sobre sus regazos mientras me servían, reanudaron sus movimientos con renovado fervor. Yo partí la tarta. Observé el vapor que ascendía de la taza de café. Miré por la ventana al día sin sombras.

Memoria muscular, ¿era eso lo que me distinguía? ¿La tradición? ¿En qué pensaban los lugareños cuando me veían caminar por las calles de su pueblo? ¿Qué recordaban?

Ir a la cafetería había sido un error, ahora lo comprendía. Ese lugar no tenía ninguno de los placeres que yo había imaginado, no tenía la satisfacción del anonimato, ni las delicias de las cafeteras Bunn que recordaba de la infancia, ni las recargas gratuitas que las acompañaban; estaba prohibido fumar en interiores, incluso aquí. Y en lugar de congraciarme con los lugareños, como era mi deseo, llegando al café bien peinada, con un poco de maquillaje cuidadosamente aplicado, vestida con ropa sencilla y modesta, había hecho lo contrario, exacerbando sus supersticiones, sacando a relucir sus miedos; mi gesto con la sal, que pretendía contrarrestar la mala suerte del camarero, fue claramente interpretado como injurioso. Miré alrededor. Los huevos permanecían fríos e intactos en los platos de los otros comensales, junto a algunas tiras de beicon resecas. Parecía que todos habían dejado de comer con mi llegada, o que no habían comenzado, preocupados, me daba cuenta, de que al abrir la boca, al tragar el huevo poco hecho, el pedazo de pan, ese contagio que asociaban conmigo se les pegaría, siguiendo a la comida masticada por la garganta hasta el estómago, alojándose en algún lugar del intestino, que, como todo el mundo sabía, era donde se alojaban el malestar y la enfermedad. Por un momento, deseé que fuera así. Ya había hecho bastante. Dejé unos billetes sobre la mesa y me levanté para irme.

Había salido el sol, caminé un rato por las calles del pueblo, observando la forma en que mi sombra se balanceaba al cambiar de dirección, mientras el sol seguía su lento arco estival. Me senté en la plaza del pueblo, pasé por delante del parque infantil, miré a través de la valla metálica en la piscina municipal. En todas partes la misma mirada vacía. Pasaron algunas horas, comenzaba a atardecer cuando me encontré en un sendero fuera de la iglesia. Lo seguí hasta que llegué al cementerio, un encantador lugar verde y arbolado. Las tumbas estaban bien cuidadas, incluso las lápidas más viejas se veían en buen estado. Me pregunté si la empresa local de lápidas ayudaba a mantener el recinto, a cambio, tal vez, del monopolio de los monumentos funerarios, cuyos diseños eran uniformemente sencillos y conmovedores. Hacía tantos años que los difuntos del pueblo descansaban aquí, en paz, en sus tumbas en buen estado, que imaginé que cualquier lugareño podía venir aquí a visitar incluso al más lejano de sus antepasados, enterrado muchos siglos atrás. Una única línea ininterrumpida hacia el pasado. Tal vez esa era la diferencia esencial entre esta gente y yo, los tangibles hilos de tiempo que los mantenían unidos a esta tierra, a un lugar, que les daba derecho a vivir y seguir viviendo. ¿Qué sangre alimenta una tierra como esa? En lo alto, las hojas temblaban con la brisa.

Había llegado al otro extremo del cementerio, donde tras una reja unos escalones de madera descendían a un barranco que daba a uno de los ríos del pueblo. Mi hermano me había explicado que una parte del nombre del lugar se refería al punto de convergencia de todas estas corrientes de agua, donde se entrecruzan antes de seguir, ciertamente, en diferentes direcciones. Al poner la mano en la reja, noté que había movimiento junto al río. Dejé la mano quieta y observé. Un grupo de lugareños, algunos de los cuales reconocí, como la dependienta de la tienda, el camarero, la joven madre, el dueño del garaje y algunos otros, aún extraños para mí, estaban reunidos a la orilla del río. Cada una de estas personas sostenía algo en sus brazos, sostenían, y yo misma apenas lo pude creer, los talismanes de hierba que yo había entretejido con tanto cuidado y atención. Un hombre que no reconocí –¿el predicador, tal vez?, ¿o el sacerdote?, ¿qué palabra usaban aquí?– pronunció unas pocas palabras indistinguibles. El resto respondió al unísono. Alguien le pasó una pala y él comenzó a excavar en la tierra. Cavó durante mucho tiempo, profundamente, un hoyo cuyos bordes se juntaban en ángulo recto, impecablemente. Cuando terminó estaba oscureciendo, y sentí la rigidez en mi cuerpo y en mi mano, que todavía se apoyaba en la reja. Debían de haber pasado horas. Los otros ayudaron al predicador a salir del hoyo. Se limpió la frente, se enderezó y dijo una sola palabra ininteligible. El resto reaccionó como un solo hombre y arrojaron los muñecos de hierba al hoyo. Por turnos, echaron paladas de tierra limosa sobre los muñecos, uno por uno, hasta que el hoyo se llenó otra vez y se convirtió en un pequeño montículo. El grupo permaneció en silencio, en la penumbra, con las cabezas inclinadas. Fue un ritual desconcertante, tan cargado de significados potenciales que era difícil discernir si constituía una bendición o una maldición. Analicé la simbología. La proximidad con el agua, ¿era la vida?, ¿la sabiduría?, ¿el caos indiferenciado? Un ritual de purificación, por supuesto, por supuesto. Pero, si lo era, ¿por qué enterrar los muñecos y no sumergirlos sin más? ¿Por qué no tirarlos al río y dejar que la corriente se los llevara a algún lejano estuario del mundo? Era esperar demasiado, supuse, que el momento de este ritual, tan poco después de mi visita al café, fuera una simple coincidencia. En cualquier caso, estaba claro que los lugareños habían decidido, como no podía ser de otro modo, que yo había sido responsable de la misteriosa y amenazante aparición de los muñecos. Pues ¿qué habitante del pueblo podría haber hecho algo así, podría haber ocultado algo así? Imposible. La reja rechinó bajo mi mano, y los lugareños que seguían allí abajo, en el oscuro barranco, sin duda demasiado lejos para oír un ruido tan pequeño, se volvieron para mirar hacia arriba. Solté la verja y eché a correr, no puedo explicar por qué, corrí por el sendero del cementerio, corrí por la calle principal, pasé corriendo por delante de todas las grandes y hermosas casas de madera de las afueras del pueblo, corrí por debajo de una hilera de robles centenarios, corrí todo el camino de regreso hasta casa de mi hermano.

Yo esperaba, como ya he dicho, que mis esfuerzos en la granja comunitaria, al hacerme más visible en el pueblo, atenuaran en parte la hostilidad que notaba que se había ido acumulando contra mí. Apenas había comenzado a sentirlo, presionando en los lindes de la propiedad de mi hermano, un cúmulo de mala fe, pero después de mi visita al café pareció tomar una forma distinta, algo palpable que se extendía para atraparme mientras yo corría y corría. Una vez a salvo dentro de la casa, cerré la puerta con llave y todas las ventanas. A partir de ese momento, me dije, llevaría a cabo diversos rituales para mantener a raya el mal de ojo, rituales que mi madre nos había enseñado a mis hermanos y a mí, una de las pocas cosas concretas que ella nos había transmitido, casi por accidente. En cualquier caso, yo aprendí observando, observándola, por ejemplo, ante el espejo del baño, su tristeza y su lasitud. Sí, aprendí mucho por casualidad y al observar a la gente a mi alrededor. Esa noche, le di de comer a Bert y me retiré temprano a mi habitación.

Nada había sucedido, me dije, ninguna catástrofe, ningún encuentro inoportuno. Yo estaba bien, pensé, hundiendo la cara en la almohada, estaba entera. Todo aún podía ir bien. Tal vez toda clase de cosas podrían, después de todo, ir bien.

Y, sin embargo, mi mente daba vueltas. No podía dormir, no podía acallar los pensamientos que me asaltaban sin venir a cuento y a todas horas. Aceptando que mi llegada había coincidido con la locura y la necesaria exterminación de las vacas, con la muerte de la oveja y su cordero a medio nacer, con el embarazo psicológico de la perra, con el encierro de las aves domésticas, con una plaga en las patatas cuya mención hasta ahora he omitido –reconociendo que todos estos hechos habían ocurrido en rápida sucesión más o menos tras mi llegada al lugar, y admitiendo que ninguna de esas cosas había sucedido de manera aislada en los últimos años, que de hecho el pueblo y sus alrededores habían vivido cincuenta años de bendiciones y prosperidad, y que estos hechos desafortunados jamás habían ocurrido, según los registros históricos, simultáneamente–, concediendo todo esto, sí, aun así era difícil para mí aceptar la hostilidad de los lugareños. Por mucho que trabajara en la granja comunitaria, por más montones de estiércol que paleara, por muchos gallineros que limpiara, por muchas ortigas que arrancara de raíz, que pusiera a secar o hirviera para hacer sopa, aun así sentía su animosidad. Todos estos esfuerzos, descubrí con gran tristeza, habían sido en vano, lo más probable es que hubieran estado condenados desde el inicio. No me habían granjeado la ciudadanía del lugar; permanecía, como ahora entiendo que permaneceré siempre, fuera. No obstante, en los días posteriores al entierro de los muñecos continué presentándome en la granja comunitaria. Nadie se opuso, y yo no lo habría entendido si lo hubieran hecho. Yo deseaba tanto enderezar las cosas antes de que mi hermano regresara, quería demostrarle que tenía las cosas bajo control, que me había comportado correctamente, que había sido obediente. Apenas me sobrepasé, practiqué una estricta economía de la esperanza y no expresé mis deseos ni a mí misma ni a los demás. Hice todo esto sin buscar elogios, sin autoestima, incluso sin (debe decirse) demasiado esfuerzo o voluntad y, sin embargo, lo admito, con, tal vez, un ligero grado de avidez, incluso de rapacidad, tal vez, en cierto modo, con un feo y torpe fanatismo. A pesar de todo esto, de todos estos esfuerzos, sentía irradiar del paisaje, ahora sin albergar ninguna duda, la cólera de los lugareños, que, después de todo, no podían evitar pensar históricamente y que, habiendo de alguna manera sido exiliados del mundo moderno a su pueblo natal, un pueblo como cualquier otro, cuya gente se había comportado como la gente de cualquier otro pueblo, quienes por eso entendían la necesidad de tener raíces, cuya existencia dependía de este mismo entendimiento, dependía de hecho del pacto de silencio, de tantear el futuro a ciegas, no me veían más que como a la extraña de una época antigua que había salido de la nada para anunciar, y tal vez incluso provocar, la llegada de tiempos en verdad funestos. Yo era tan distinta de mi hermano que difícilmente podía estar emparentada con él, tal vez había sido recogida en la infancia como una sirvienta sin hogar por parte de un padre compasivo durante un viaje de negocios, tan solo para aparecer ante los lugareños en estos días tardíos, sí, y para obligarlos a mirarse a sí mismos, a mirar detenidamente sus almas miserables, esclavos del pasado, esclavos de odios ancestrales, que habían vivido durante tanto tiempo, o al menos por un tiempo, en un olvido despreocupado, en el hermoso paso de las estaciones, hallando refugio en una manera de ser ancestral, saltando por encima de la fría y terrible era de la mecanización hacia el pasado lejano, trazando así una línea desde ese pasado tan querido directamente hasta el presente. Las cosas permanecían siempre iguales, pensé, sentada en la terraza bajo el sol de la tarde, con Bert en mi regazo. Solo cambiaban los nombres de las cosas, de un tiempo a otro, de un lugar a otro, en función de lo que fuera conveniente, de lo que afirmaran las creencias de un grupo determinado de gente, de una determinada persona, creencias que una necesitaba tener sobre sí misma, historias que una se contaba para vivir, para seguir viviendo consigo misma, sabiendo de lo que una era capaz, sabiendo las cosas que una había presenciado, las cosas que una había hecho.

En retrospectiva, desde mi actual posición ventajosa, puedo ver que todo esto, junto con la súbita e inexplicada desaparición de mi hermano tan poco después de mi llegada (pues así debió de parecerle a cualquier espectador), considerando también mi nuevo hábito de colgar ortigas y otras plantas, colgar flores de manzanilla para que se secaran en las paredes del granero del pueblo, en tal abundancia, la verdad es que cubriendo absolutamente cada centímetro disponible de pared, tal vez transmitía una estética muy particular que pudo haber puesto a prueba la paciencia de los lugareños, aunque, por supuesto, en su momento no lo vi con tanta claridad. En lo que a mí concernía, yo era parca, permanecía decididamente dentro de mi propia circunferencia y por tal razón no podía proyectar sombra alguna, no me veía reflejada en el comportamiento o las maneras de nadie. Esto no era algo curioso. Siempre había sido sensible a los deseos de las otras personas, cualquier sensación fuerte vivida muy cerca de mí, yo la reflejaba como la superficie quieta de un estanque al alba, insondable, desocupada, llegando a menudo a vivir esos sentimientos como si fueran míos. En el caso de los lugareños, aunque mantenían una distancia física, era tan poderoso el sentimiento, tan crítica la masa, que a veces me superaba, hacía efecto en mí y tenía que tumbarme en el suelo, en el suelo del granero. Todos mis sentidos se apoderaban de mí en esos momentos y lo que podía oír, con mucha claridad, eran las palabras que me habían perseguido toda mi vida: «Échate, perrito, échate por fin». Y lo hacía, me echaba, tan solo para levantarme enseguida, tan duras eran las baldosas del granero, la hierba de fuera tan húmeda o tan fría, pero a pesar de mí misma continuaba haciéndolo, como antes, como continuaría haciéndolo en el futuro, inexplicablemente, sin ningún tipo de estímulo, continuaba haciéndolo, un espécimen perfecto de vida vacía que estaría mejor, sin duda, como se me había sugerido repetidamente, fuera de todo, sacrificada, metiéndome en algún agujero en la tierra para no volver jamás. Pero, para mi eterno pesar, carecía del genio para la autoaniquilación y, por alguna astucia animal agazapada en algún profundo lugar dentro de mí, continué mi carrera de supervivencia sin esperanza, no sin molestias y habiendo agotado la misericordia de la providencia, si se la puede llamar así. No era sabiduría, no. Simplemente, seguí arañando el cielo.

Pero mi hermano regresaría y yo sabía que los impulsos que apenas comenzaban a revelarse tendrían que ser refrenados, tendrían que reprimirse otra vez. Como preparativo para su llegada, volví a su rutina. Ensayé las etapas de la mañana, abrir, airear, y luego las de cerrar y bajar el telón por la noche. Abrillanté cuidadosamente. todos los objetos de plata. Pulí los objetos de latón de la cocina. Lavé las cortinas y las alfombras. Y no mucho después ahí estaba él, conduciendo por el camino de entrada el mismo coche en que me había traído del aeropuerto a la casa. Me pareció que tenía buen aspecto, en cualquier caso parecía controlar el vehículo, conducía con decisión, estaba bronceado, probablemente llevaba colonia. Yo sentía devoción por él, sí. Abrí la puerta del lado del conductor, lo ayudé a salir, estaba muy elegante con ese traje claro, le dije, quitándole la pelusa de los hombros. Lo seguí al interior de la casa, cargando su bolsa de viaje, lo perseguí hasta la cocina, lo obligué a sentarse, le serví una bebida, le ofrecí los pequeños bocados del refrigerio que había preparado, consciente de los gustos de mi hermano y de las dificultades que plantea un viaje largo al tracto digestivo. Le acerqué la silla, le pregunté por su trabajo. Me pareció que la atención lo halagaba, que comía con gratitud. Después de este pequeño ágape salimos al jardín, el sol de la tarde dorándolo todo. Saqué bebidas en una bandeja, encendí su cigarrillo. Cuando detectaba una ligera sospecha en la mirada de mi hermano, en su aspecto, como si mis atenciones no fueran sinceras, como si hubiera en ellas motivos oscuros, yo simplemente agachaba la cabeza, bajaba la voz, dulcificaba la expresión. Al final de esa tarde había recuperado su confianza, estaba satisfecho con mis servicios y nos sentamos felizmente el uno junto al otro. Mantuvimos su rutina, conversando juntos en la sala de estar en las horas asignadas de la noche, mientras él leía los periódicos, mientras yo leía mi libro, mientras el televisor zumbaba al fondo, mientras Bert dormitaba ante el fuego. Mi hermano estaba lleno de energía, estaba al mando, y a mí me parecía bien.

Lo olvidé todo sobre las hierbas y su crecimiento. Olvidé el bosque en la noche, los diversos amuletos entretejidos colocados con ternura en los umbrales y en los pajares, en naves y adoquines, y ahora enterrados bajo el cieno junto al río. Había tendido la mano, algo que nunca debería haber hecho, había intentado salvar ese impenetrable abismo de la Historia, pero hacia quién y esperando qué, no sabría decirlo. Volví a mi proyecto de superación personal, a la búsqueda de la unidad en la iluminación, a nunca encontrarla, a nunca salir del terreno de lo posible, tales eran las operaciones de la investigación del alma destinada a fracasar, de la búsqueda de un estado de gravedad y de gracia.

6

LA OCASIÓN DE UN HERMANO

Debo decir que no era como si hubiera nacido sin preguntas. Tuve una juventud, como cualquier otra persona, y como cualquier otra persona aprendí a ocultar aquellos impulsos y comportamientos que me parecían indeseables para quienes me rodeaban. Hubo un tiempo, cuando tenía veinte años, en que perseguí la vida y sus revelaciones, en que quise ayudar, y por eso me sentaba al teléfono en silencio y escuchaba las historias más abominables en plena noche, con una carpeta en el regazo, proporcionando el alivio que podía, por muy deficiente que fuera yo misma, guiando la respiración de un extraño en estado de aflicción en algún lugar de la ciudad, los pies en el suelo, envuelta en una manta, los ojos cerrados, de cinco a ocho turnos al mes durante dos años, y colgar el auricular, y nunca saber, así eran las llamadas de emergencia. Nunca tuve la habilidad de un caballo para frenar en seco, seguía avanzando en línea recta, sí, en este caso directamente hacia el silencio. Una tenía sus límites, por ejemplo, una niña de catorce años en una cama de hospital. Después de eso, por supuesto, la vida normal en el lugar de trabajo, la persecución, el apalancamiento, los canales oficiales de denuncia que la llevaban a una rápida y directamente al fracaso de la voluntad, los hombres involucrados bien versados en las leyes de la difamación y en la noción de dolo; el solo hecho de saber te ponía contra la pared en asuntos de empleo, una y otra vez, una oía las historias, no había nada que hacer más que evadirse, directamente a través de la nube. Era la misma vieja y vil historia sobre el sentido común y a quiénes les tocaba definirlo. Una se mantenía con las botas puestas, sí, sí, ya lo dije antes. Al final yo también me bajé el sombrero hasta las orejas, pues ¿a qué se llegaba finalmente en este mundo abierto a la posibilidad? La red de cotilleos que va a acabar en un superior jerárquico, cómo te sentirías si tus colegas, aunque por supuesto una no tenía colegas a los que referirse, ciertamente no cuando las únicas broncas se dirigían a las personas con menos recursos. Me preguntaba ahora cómo es que la gente continuaba gastando energía, cotejando pruebas, sentándose en el suelo alfombrado de una oficina, a puerta cerrada, las voces bajas, tan solo la lámpara del escritorio contra la oscuridad de las cinco de la tarde. En verdad me maravillaban los hombres y la destrucción que causaban. Imagínense —visualícenlo— a este hombre, a este tipo flácido, de hombros redondos, de calva incipiente, con zapatillas deportivas, por el que tantas mujeres ya nunca serían reporteras, cuyas carreras se habían visto truncadas. Y las personas que de verdad podían llamarse sus colegas en virtud de sus seguros, de sus salarios, declarando su alianza en Twitter, diciendo en privado imagina lo difícil que es para él, su matrimonio desmoronándose, su salud mental, como si solo nosotros en la generación de abajo entendiéramos que un hombre podía estar triste y a la vez ser un cabrón, que de hecho la tristeza era la excusa que más frecuentemente usaban esos hombres, eso y, bueno, no es que ella sea particularmente vulnerable, la forma en que se comporta, en fin, ella es adulta. Yo ahora era mayor, bastante mayor, y estos días cualquier revelación, si llegaba y cuando llegaba, lo hacía sin ser solicitada, yo le había dado la espalda al mundo, ya no quería oír, una sabía, después de todo lo que les sucedió a aquellos en posesión de información no sancionada por la compañía, fuera la que fuese, que cualquier pequeña cosa que pudiera forzar un reconocimiento debía ser suprimida a toda costa.

Pero, por supuesto, hay revelaciones y revelaciones. Una cuestión de testimonio y posición, una cuestión de culpa, de si una se había visto obligada por la empobrecida moral de la época, por los discursos del empoderamiento, para edificación de la gente que se quedaba de brazos cruzados, o si era cuestión de decir algo en confianza, imponiendo una expectativa de reciprocidad que para empezar nadie había pedido pero el rechazo de cuyos términos no obstante resultaría en una deuda irrevocable o, si se aceptaba, en una pieza más de información usada para exigir o aprobar la voluntad de un hombre. En ese primer trayecto en coche desde el aeropuerto, mi hermano se había equivocado en la categoría, o tal vez pensó que era yo quien no había entendido la estructura del encuentro, que no había estado a la altura de la obligación que implicaba su confesión sobre la ruina de su matrimonio. Cuando regresó de su viaje de trabajo, animado, sin duda, por alguna adquisición o fusión, de naturaleza vagamente depredadora, en la que su trabajo lo había implicado, se dedicó a reordenar la dinámica de la casa, dinámica cuyo fugaz desorden podría haber sido fatal para ambos. Cuando comenzó una vez más, en el curso de esa primera semana, a desvelar los secretos que quedaban entre nosotros, algunos de los cuales, aunque no todos, yo ya conocía o suponía, no fue necesaria ninguna exégesis, yo entendí su propósito. Pero, por mi parte, no fue posible ninguna revelación. Yo había vivido de manera simple y solitaria, había hecho muy poco, había sido intransigente. Y así, a cambio de las terribles revelaciones de mi hermano, le comuniqué con gestos y expresiones que me sentía en deuda con él, una sensación de miedo y asombro no del todo fabricada.

Porque, honestamente, yo no conocía algunas de las cosas que me contó mi hermano, quien empezó su historia en las primeras décadas de otro siglo, aquí mismo, en este lugar, con nuestros antepasados, no todos los cuales habían sido víctimas inocentes, no, dijo mi hermano, y aunque no estuvo en una posición de colaborar *per se*, ni siquiera de denunciar a nadie, nuestro abuelo, el padre de nuestro padre, tenía ciertamente una visión anticipatoria de su propia vida que no terminaba con los problemas habituales que aparecían en la tradición de nuestro pueblo, como el cólera, como el fanatismo, como los pogromos. En resumidas cuentas, nuestro abuelo tenía grandes esperanzas que se extinguirían –de hecho, no podía ser de otra forma– con el tiempo, en el exilio, en el mundo nuevo, con nuestro padre. Pero un hombre solo no puede labrar un futuro. Fuimos engendrados y, aunque por elección o incapacidad recuerdo muy poco de aquellos años en el seno de la familia, aún puedo ver a mi madre fileteando la carpa, guardando las espinas, guardando la cabeza, agregando cebolla, agregando zanahoria, agregando aceite y azúcar, sal y pimienta, mezclando bien, cascando los huevos, una cucharada de agua, enfriando la mezcla, volviendo a ella después para hacer albóndigas. Aún ahora me la imagino rellenando el kishke, salando el hígado, empanando el pollo, cortando el arenque.

La historia que contó mi hermano, escasa en detalles, no obstante explicaba muchas cosas sobre él mismo, que siempre había despreciado a los débiles, que detestaba a las víctimas, y a quien la autocompasión, las aflicciones personales y el duelo colectivo le parecían aberrantes. Para un hombre cuyo compromiso con sus propios intereses era tan serio, no debía de ser poca cosa, reflexioné, liberarse del yugo de su propia historia. Había hecho muy bien las cosas en ese sentido. Podía entender fácilmente a la gente del pueblo, me dijo una dorada tarde de verano, mientras estábamos sentados contemplando el jardín, las actitudes de esas personas entonces, sus actitudes ahora, cómo creían que les habían juzgado injustamente, cómo algún accidente del destino les habían apartado de la fortuna, sencillamente porque en cierto punto lo que ellos y sus antepasados habían llamado eficiencia, el resto del mundo lo había calificado, por etapas y uno por uno, como fichas de dominó cayendo una sobre la otra en una secuencia ordenada hasta que se encontraron todos juntos en un montón, hasta que todo llegó a su fin, lo había calificado como actos de barbarie. ¿Y cuántos de ellos que se jactaban de ser honestos habían acordado que ninguno lo era demasiado? ¿Y cuántos de ellos, de verdad, en el fondo de su corazón, podían decir que no eran culpables? ¿Después de todo, cuál era la diferencia entre pensamiento y obra? ¿Era una cuestión de escala, o de sistematización? ¿Y las celebraciones en los fosos? ¿Y los perros? No debía sorprender, dijo mi hermano, que esta amargura retumbara aquí a través de las generaciones: con la prohibición de hablar en público, dirigidos en privado a aceptar su responsabilidad como partido criminal; como resultado, muchos de ellos habían aguardado su momento en silencio. Piensa, me dijo mi hermano sacudiendo la cabeza, en el terrible espectáculo de los años de posguerra, los juicios públicos, los lamentos, los memoriales. Nada podía ser más monstruoso que eso. No, dijo mi hermano, él comprendía muy bien cómo podía perdurar una antipatía, si él tuviera que elegir entre el resentimiento y la autocompasión, escogería el primero mil veces, mil veces. Y los estudiantes de ahora, los jóvenes, las mujeres y las minorías, supuestamente oprimidos, ¿no estaban cometiendo esos mismos crímenes una y otra vez, en su forma de repartir las culpas, en los piquetes en las conferencias, los contratos de publicación cancelados?, dijo, pasándose los dedos por el pelo. ¿No era eso persecución? ¿En qué, preguntó mi hermano, se diferenciaba eso de las ventanas rotas, de la quema de libros? Tales eran los puntos de vista de mi hermano sobre el desarrollo de la Historia, o al menos tales eran los puntos de vista que mi hermano exponía, como una manera de educarme tal vez, si una fuera a interpretar sus declaraciones como una especie de alegoría extendida en la que se revelarían mis peores defectos, si tan solo me aplicara a su estudio; o tal vez era una manera de mostrarme dónde estarían sus lealtades si las cosas se ponían feas, feas como una masacre, si los rumores en el pueblo se juntaban para tomar una forma más definida, tal vez incluso convertirse en un suceso. Todo esto para decir que estoy segura de que él creía que su discurso era una muestra de su virtuosismo, así que cómo podía yo discrepar, hablaba tan bien, sí, y los árboles cubrían el cielo un poco más cada año.

Una vez que volvió a acostumbrarse a la rutina del campo, mi hermano, quien, como ya he dicho, venía de una familia de lectores, y aunque él mismo no era lector, valoraba la función didáctica de la lectura y creía en la novela en particular como una forma de educación moral dirigida, se creyó con derecho a recomendarme un plan de lecturas diarias. Yo, dijo, había descuidado mi formación intelectual durante su ausencia y, por lo que él sabía, mi práctica de lectura y escritura se había limitado a la transcripción y, aunque admitió que copiar tenía sus propios placeres, y que en algunos lugares se entendía como una forma incipiente de traducción, la profesión jurídica no era particularmente conocida por su amor al lenguaje –la retórica, el arte de argumentar, tal vez, sí, eso lo aceptaba, dijo mi hermano, encogiéndose de hombros, pero no el lenguaje–, no, no había sensibilidad para eso, no había interés en la belleza, no podía creer en el poder transformador de la palabra. En lo que a la ley concernía, dijo mi hermano, la vida había sido puesta por escrito, pero según él la palabra, el lenguaje, podía hacer que sucedieran las cosas. El lenguaje y sus usos, dijo mi hermano, y esta vez no estuve en desacuerdo con él. Forma y experimentación. Los significados iban en un sentido y luego en otro. Qué encantadora manera de hablar, pensé otra vez, y para complacerlo comencé a levantarme temprano cada mañana para leer unas cuantas páginas de Montaigne del ejemplar que él me había dado. Lo cierto es que no saqué casi nada de estas lecturas diarias, aunque me gustó el tono de las afirmaciones del autor, y ocasionalmente me dejaba persuadir para emitir una u otra de sus declaraciones más aforísticas en la cena, para el obvio y gran placer de mi hermano. Cuando me tropezaba, y me tropezaba con frecuencia, con las frases, mi hermano enunciaba cada palabra lenta y pacientemente, y yo lo repetía tan bien como podía. Mi forma de hablar siempre había sido insatisfactoria para mi hermano, de niña me habían enviado a tomar lecciones de elocución con un logopeda, y mi hermano mismo se encargaba de llevar a cabo los ejercicios de repetición del tipo que acabo de describir. A pesar de todos los esfuerzos de los varios profesionales a los que me enviaron durante mi infancia y mi adolescencia, hablaba igual que siempre, mi voz apagándose y sumiéndose en el silencio.

Yo había aprendido mucho sobre el tema del silencio, sobre sus usos, de mi hermano, cuya experta modulación de habla y silencios, el intervalo entre ambos que no se podía llamar del todo conversación, que yo pensaba frecuentemente que debía ser un espacio de trascendencia, de mutua anulación, comunicaba tanto, si no más, sobre su humor, sobre sus gustos, sobre sus insatisfacciones, que cualquiera de las dos polaridades. Mi hermano sabía cómo interpretar, imputar, anotar, sabía, en otras palabras, cómo ejercer el poder. Mientras yo forcejeaba con Montaigne cada mañana, percibía la grandeza de su intelecto, su amplitud y, a pesar de esto, y a decir verdad, sentía cierta vergüenza ajena por él. ¿Acaso sentía, instintivamente, que era impropio usar la mente de uno en público, de una manera tan pública? ¿Era pensar en voz alta, a fin de cuentas, algo vergonzoso e incluso obsceno, y, peor aún, que los pensamientos de uno le sobrevivieran, para viajar a través de los siglos indirectamente, tan solo sobreviviendo por los caprichos del gusto, los accidentes de la traducción, atravesando tanto solo para terminar en las manos de alguien como yo, tan mal preparada para recibirlos? Actuar en consecuencia, ¿qué era eso? La pasividad de una, la complicidad de una, las líneas solo parecían estar trazadas claramente. Había algo impensable en las otras personas, siempre, ahora lo sentía con claridad conforme el verde de las hojas seguía avivándose, a medida que la luz cambiaba, conforme veía con más claridad que mi posición con respecto a los lugareños era inamovible, que yo había sido elegida para propósitos cuyo significado aún buscaba a tientas, y para toda la vida. La antropología nunca había sido mi especialidad, jamás me habían interesado en concreto las ciencias sociales, y sin embargo intuía borrosamente los contornos de las complejas redes de intercambio y relaciones que estructuraban la sociedad en la que una vivía, estructuras que en ciertos casos requerían la presencia, o más apropiadamente la exclusión, de un individuo u objeto particular para posibilitar la cohesión del conjunto. Una desempeñaba su papel, todos lo hacían, y yo no me oponía a ello por principio, sino que más bien aún no podía ver todo el panorama, todavía no entendía mi lugar en la localidad fuera de la casa de mi hermano.

Los motivos de mi hermano en todo esto eran y siguen siendo secundarios, aunque me doy cuenta de que sería interesante conferirle una designación específica, para establecerlo como esto, como aquello, de una vez por todas. Pero no pretendo hablar en nombre de nadie (ni en nombre de mi hermano, ni en nombre de los lugareños, menos aún en mi propio nombre). Pues ¿qué podría decir yo? ¿Que le concedemos a nuestros allegados un duradero estado de excepción, que los eximimos de cualquier cargo deshonroso? Tal vez que los sucesos que definen nuestro tiempo sobre la Tierra se mueven entre lo indecible, lo semidecible y lo simplemente inapropiado. O tal vez y finalmente que la lectura no es equivalente a una explicación, y que, aunque el narrador debe responder de muchas cosas, el significado mismo no es una de ellas, no. La comunicación es un problema, sí, sí, ya pasamos por eso. Una se cansa tanto con esas exigencias, esos esfuerzos imprudentes por dejar las cosas claras de una vez por todas. ¿Cómo ha llegado una hasta aquí? Mi hermano y sus listas de lectura, Montaigne y, por supuesto y nunca demasiado detrás, pasajes de Novalis, Novalis a quien él reverenciaba por encima de todos los pensadores, cuyos escritos mantenía cerca a todas horas, una edición en rústica en su maletín, el mismo ejemplar que había llevado de un lado a otro en la infancia, fue un niño raro, mi hermano, nunca me pareció destinado al éxito, no, de hecho me parecía que solo podía fracasar, y sin embargo se aplicó, había que reconocerlo, había sido riguroso, había sido disciplinado. Se había, en última instancia, sobrepuesto a las circunstancias, tal vez incluso a su destino, sí, esa palabra orientada hacia el futuro tan cargada de pasado, respetando las reglas del orden, del orden y la subordinación, qué poco cambian las cosas, y aquí me repito, qué pocas opciones pone el mundo a nuestra disposición, cuánto daño vuelve a producirse, comenzando una y otra vez.

En casa de mi hermano, bajo su dominio, descubrí que, tal vez como resultado de adherirme a los horarios que había creado para ambos, yo también llegué a amar el orden. Allí donde mis atenciones habían sido enérgicas y aleatorias, ahora eran metódicas y contenidas. De esta manera, mi hermano y yo encontramos la paz durante un tiempo. Los días lentamente se hacían más cortos y yo me esforcé por sumergirme una vez más. El tiempo pasó y yo me hundí. Eso es todo. Mi hermano se impuso, como siempre habíamos querido. En el valle, los lugareños continuaron con sus rutinas, siguieron sus caminos inevitables. Yo seguí presentándome en el granero, día tras día, mi hermanó retomó una vez más su circuito de visitas, sus recorridos de negocio en negocio, de puerta en puerta. Pero no todo iba bien. Alrededor de la casa y su terreno, me ocupé de una serie de pequeños accidentes y distracciones. Una ventana destrozada, una rama de árbol quebrada. Ahora recogían la basura de vez en cuando, de tal forma que tenía que llevar los desechos domésticos en bicicleta al vertedero situado en las afueras del pueblo. El vertedero era presidido por un hombre rubio y sonriente que, en mi primera visita, encontré de pie encima de un colchón sobre una montaña de basura, saltando para comprimirla. No hablaba inglés, pero aun así logró, desde la montaña sobre la que se erguía, darme una serie de instrucciones muy precisas sobre dónde colocar las bolsas de basura y los sacos de materiales reciclables que había llevado. En ninguna de mis visitas se me acercó, aunque en una ocasión lo vi asomándose por detrás de los visillos de una caravana amarilla y blanca que estaba justo al lado de la entrada del vertedero. ¿Cómo era su vida? Ese joven que se pasaba el día organizando las sobras de comida y desechos de los lugareños en lo que a mí me parecía un sistema altamente sofisticado y complejo. Me dije que, si este hombre estaba resentido conmigo, no sería por las mismas razones que el resto de los lugareños, sería por otra cosa, más cercana a la verdad, aunque, tal vez, como con tantas otras cosas, ambas razones se cruzaban en el punto de la clase social, en el punto del sufrimiento. Yo le hacía ademanes, hola y adiós, mientras iba y venía, y aunque nunca me devolvió esos saludos, tampoco me dio la espalda con disgusto.

Una mañana, ya pasado el pleno verano, salí para fumar furtivamente mientras me tomaba el café, pues la verdad era que había vuelto a fumar y a asumir la vergüenza de ser fumadora, una faceta de mi personalidad que siempre me había esforzado por ocultar a mi familia, aunque varios de mis hermanos eran fumadores empedernidos, o casuales, o sociales, o al menos fumadores de puros. Estaba apoyada contra el muro, a la izquierda de la puerta, cuando, al mirar por encima, descubrí un extraño carácter grabado en la parte superior del poste derecho, a aproximadamente ocho centímetros de distancia del vano de la puerta. Nunca antes había visto ese símbolo, no pertenecía a un alfabeto que yo conociera, ciertamente no era ni latín ni griego; ni cirílico, hebreo o árabe, ninguno de esos, no. Había sido finamente cincelado en el marco de madera, alguien, evidentemente, se había esmerado en formar ese carácter, lo había hecho con una herramienta para trabajar madera de algún tipo, un punzón tal vez, aunque yo no lo podía afirmar con certeza. Admiraba el trabajo artesanal, sí, reconocía un trabajo bien hecho cuando lo veía, podía discernir la entrega e incluso el amor que se había invertido en una obra en particular, aunque yo misma era de lo más inepta, torpe de manos, con reflejos lentos y una mala visión periférica. Por estas razones nunca había aprendido a conducir, y la bicicleta la dominé con gran dificultad y después de meses de esfuerzo, practicando a escondidas, por la noche, en los aparcamientos vacíos de centros comerciales y otros lugares de negocios. La aparición del extraño carácter —¿una runa?— no me desconcertó especialmente, en los últimos meses me habían ocurrido muchas cosas, y comprendía muy poco de los movimientos del universo, de las corrientes particulares de energía o giros del destino que hacían que las cosas sucedieran. Tampoco molesté a mi hermano con mis inquietudes, estaba ocupado con su trabajo, el trabajo que tanto significaba para él, pero, dada la naturaleza de los sucesos, relacionados en su mayoría con la mutilación, la locura o el asesinato de la fauna local, me preocupé especialmente por Bert, a quien, insistió mi hermano a pesar de mis protestas, debía permitírsele salir solo. A mí hermano no le gustaba fomentar la dependencia, y podía ver que yo había desarrollado un apego por el perrito. Él se encargó rápidamente de corregir eso. Entre otras medidas que tomó con ese propósito, sacó la camita de Bert de mi habitación en la planta alta y la llevó de regreso a la cocina; me prohibió sentarme en el jardín mientras Bert daba sus paseos diarios; además, señaló, apenas era posible sentarse fuera ahora que había mosquitos, que no fuera ridícula, me dijo. Como siempre, estuve de acuerdo con mi hermano, mi comportamiento siempre había sido ridículo, si no demente o incluso criminal, y en general acaté su voluntad. Y aun así todavía observaba a Bert cuando podía, escondiéndome detrás de las cortinas para atisbar el jardín. Parecía tranquilo. Parecía el mismo de siempre.

Mientras iba en bicicleta por el pueblo, al vertedero, a la granja, y volvía subiendo por la colina a la casa de mi hermano, con frecuencia pensaba en la vida y en los encuentros fortuitos, en la cuestión inexorable de la complicidad, sobre cómo ya no era posible que ninguno de nosotros pretendiera ser inocente. Pensé que la ingenuidad, aunque durante mucho tiempo había sido útil para protegernos de la obligación de encarar los hechos más honestamente de lo requerido, era más imperdonable, más repugnante que nunca. Se acabó el acolchado entre el mundo y la palabra. Leí una vez que el nuestro era un siglo de medias tintas, y ya entonces pensé que nada podía estar más lejos de la verdad. Todos y cada uno de nosotros en esta tierra en ruinas exhibía una perfecta obediencia a las fuerzas locales de la gravedad, eligiendo diariamente el camino de menor resistencia, que, aunque entera y comprensiblemente humano, era al mismo tiempo el curso de acción más bárbaro y abominable. Así que, escuchen. No estoy libre de culpa. Representé mi papel.

Porque, a pesar de todo, sufrí, sabiendo de qué crímenes me acusaban los lugareños, sabiendo que pensaban mal de mí, también sabía que, de alguna manera, al menos en lo que a ellos concernía, yo había hecho realmente las cosas de que se me acusaba. Así que sufrí, pero no me dejé consolar, mi experiencia de vida me había enseñado que una no debe llorar si no va a ser confortada, así que seguí adelante, por mi hermano, que me necesitaba más que nunca. Porque me parecía, o al menos comencé a darme cuenta de ello, que se había producido un cambio apenas perceptible en su persona, en su comportamiento. En ocasiones, por ejemplo, cuando bañaba a mi hermano por la mañana, cuando le leía en voz alta los titulares de las noticias del día, me parecía oírle suspirar. Estaba distraído, ya no me decía que alzara la voz, que pronunciara con más claridad, que controlara mis registros bajos, que hablara con el diafragma, a veces incluso lo veía sentado, con los ojos vidriosos, en el borde de la cama. Sin embargo y en gran medida continuó con su rutina habitual, siguió con su trabajo y su teletrabajo, hablando por teléfono, en equipos de trabajo de Microsoft, yo podía oír su voz a través de la puerta con paneles de roble de su estudio. Sus reuniones con los lugareños continuaron, también, sin que su vida pública fuera afectada, aparentemente, y sin embargo cada vez que le enjabonaba la espalda, cada vez que le daba un masaje indio en la cabeza, parecía ligerísimamente disminuido, el nacimiento del pelo le había retrocedido una fracción de milímetro; un filamento muscular, que antes estaba tenso, se había aflojado un poco. Por supuesto, no le mencioné nada de esto a mi hermano, que siempre había estado tan orgulloso de su físico, de su abundante pelo, yo haría cualquier cosa para ahorrarle la más mínima dificultad o incomodidad. No obstante, yo debía, me pareció, tomar cartas en el asunto, por el bien de su salud, de su bienestar, y me tranquilicé pensando que si parecía un poco más pálido de lo normal, un poco más flácido de carnes o más grueso por el abdomen, todo lo que necesitaba (y esto lo deduje después de investigar en internet sobre el tema) era un régimen vigoroso de cepillado en seco para exfoliarle la piel, destaparle los poros, activarle la circulación de la sangre, ayudarle a digerir mejor, en pocas palabras, estimular su sistema nervioso de diversas maneras en aras de mejorar su salud. Sí, eso era exactamente lo que necesitaba.

Este método se me había ocurrido después de ver un programa de televisión una noche, sin volumen, por supuesto, sin subtítulos, ya que mi hermano había siempre sostenido que estos hacían casi tanto ruido como el sonido mismo, algo en la frecuencia de la luz, él siempre había sido una persona muy receptiva, mi hermano, tenía los sentidos siempre en alerta máxima, el del olfato en particular, no toleraba hedores o perfumes de ningún tipo, además de ser un gran degustador, así es como yo aprendí desde niña a leer los labios de los actores en televisión, e incluso cuando estos actores le daban la espalda a la cámara, yo sabía lo que estaban diciendo. Sí, pensarán ustedes, después de todo no es tan difícil seguir las líneas argumentales de los insípidos programas de televisión emitidos a todas horas y en histérica profusión en todos los canales, desde todos los rincones del mundo, seguramente no era tanto que yo supiera lo que estaban diciendo los actores, todos sabían que sus voces no eran tan relevantes, ya que la acción se podía deducir del movimiento y el contexto. Bueno, podría responder yo, tal vez. Y sin embargo sostengo que yo seguía el diálogo, las propias palabras. Pero… No insistiré. Sigamos adelante. El susodicho programa había tratado de caballos, y observé cómo esos caballos, un grupo de animales taciturnos y desconsolados, para nada dóciles, siempre bajando la cabeza para comer la hierba que crecía junto al camino, impulsando en el proceso a sus jinetes hacia delante y a veces fuera de su lomo, tan súbitos y enérgicos eran sus movimientos, estos mismos y malhumorados caballos se transformaron, quiero decir que se transformaron por completo, cuando el equipo que se encargaba de ellos les dio una cepillada a fondo. Allí donde antes sus orejas permanecían perpetuamente echadas hacia atrás, sus cascos traseros ladeados, sus posturas se relajaron, mientras masticaban pensativamente. Mi emoción, por no decir deleite, al ver tal transformación en estos caballos, de los que todos habían desesperado, que habían estado, según sugirió el anfitrión del programa en tono grave, a pocas horas de ser enviados a la proverbial fábrica de pegamento, tan desagradable era su disposición, fue tan total su cambio de actitud que yo me habría levantado del sillón y marchado de inmediato al pueblo en bicicleta, a la ferretería, a fin de procurarme dicho cepillo para salvar la salud de mi hermano. Pero llegó la noche, como tantas veces, y aunque los lugareños eran capaces de mucho, mantener sus negocios abiertos después de las horas de trabajo normales era algo inconcebible (al menos por lo que yo podía ver, y reconozco que solo tenía mis ojos para hacer eso, y esos ojos, era cierto, eran los de alguien que era y seguiría siendo una extraña). Así que concluí que, tan pronto como se reanudara el horario laboral, a la mañana siguiente, me subiría a mi bicicleta e iría por el camino, arropada por los colores de la tierra quemada de finales de agosto, directamente y sin detenerme, hasta la ferretería del pueblo.

Las calles del pueblo estaban siempre vacías, salvo por el polvo, que susurraba en el aire caliente y quieto. Era una estación seca. Cuando entré, la campanita de la tienda tintineó desde lo alto de la puerta. El interior estaba como la calle, sin gente, y todo cubierto por una fina capa de polvo. Deambulé por el único espacio de la tienda buscando señales del dependiente, inspeccioné cada rincón y revisé cada armario. Me asomé sobre el mostrador de cristal, bajo cuya superficie y a través de la capa de mugre apenas pude distinguir una serie de pastelillos y dulces que le daban fama al pueblo. Detrás del mostrador se agazapaba un hombre que supuse que era el propietario, y que parecía estar ejecutando una especie de maniobra defensiva. Alzó la vista y me miró. Convencida de que mi presencia había sido advertida, de que no se me podía acusar de haber entrado a la tienda con falsos pretextos, de que yo era un cliente como cualquier otro, me di una vuelta por la tienda examinando la impresionante y completa selección de cepillos en oferta, cuya gama en tamaños iba desde lo infinitesimal (diseñado, deduje, para cepillar los dientes de un gato) a lo inmenso (tal vez para alisar la pista de hielo que se formaba en el lago del pueblo cada invierno). En algún punto intermedio (pues las herramientas estaban ordenadas por tamaños) encontré tres cepillos más o menos adecuados a las dimensiones de mi hermano y que podían proporcionar cobertura y alivio tanto a su flanco más largo como al más pequeño de sus dedos. Los llevé al mostrador, detrás del cual el tendero estaba ahora tumbado en una postura de recuperación, con los ojos cerrados. Esperé. El tendero permaneció inmóvil. Tosí. Mismo resultado. Se veía muy tranquilo allí tumbado, el tendero, el sueño, el coma o tal vez la muerte habían suavizado las señales de la edad y la ira de su rostro, dejándolo con la apariencia de un hombre mucho más joven, un niño, incluso un bebé. Sí, después de todo, había algo decididamente angelical en el tipo, una cualidad que no había tenido mientras estaba consciente pero que ahora tenía en abundancia. Al cabo de un rato saqué una cantidad en la moneda local del bolsillo de mi chaqueta y la puse silenciosamente —no queriendo perturbar su descanso— en el mostrador. Metí la mano por debajo del cristal del mostrador y cogí lo que, al probarlo, resultó ser un *strudel* de manzana. Me chupé los dedos uno a uno y volví a casa de mi hermano pedaleando a toda velocidad. Me sentía fuerte y decidida.

Al principio mi hermano no estuvo de acuerdo con el régimen propuesto de cepillado en seco. Yo no podía entender estas objeciones e insistí, algo que nunca había hecho antes. Tras varios días de distanciamiento, durante los cuales no me permitió prepararle el baño, leerle, encender el fuego, cocinar ningún plato, servirle, limpiar ni airear nada, reconsideré mi actitud. Mi hermano, pensé, me estaba queriendo decir algo con todo esto, aunque se me escapaban los detalles de su mensaje. Decidí intentar escucharlo atentamente a la primera oportunidad favorable, no para entender el sentido convencional de lo que sus palabras transmitirían, sino para captar la verdad más profunda y simple que sin duda él trataría de expresar. Así que escuché sus objeciones con atención, pacientemente. Las escuché largamente, durante horas, durante días, escuché, tanteando a mi hermano, alentándolo, persiguiéndolo por los pasillos de su casa por donde él huía, siguiendo sus pasos hasta la puerta de su despacho, de su habitación, de su baño, hasta que por fin y de repente dejó de hablar. Fue entonces cuando, después de haberme tomado la molestia de escucharlo atentamente, muy atentamente, descubrí que mi hermano siempre había estado de acuerdo conmigo, por supuesto que lo estaba, y de que, además, todo había sido idea suya. Se lo dije una mañana, mientras estaba sentado en el borde de su cama, mudo, esperando a que lo vistiera. Algo, una especie de temblor, cruzó por su rostro, pero se volvió antes de que pudiera leerlo con claridad. Entendí eso como un asentimiento. Así es que me presenté puntualmente, a una hora fijada por mí, para comenzar la tarea de la recuperación de mi hermano. Como era de esperarse, incluso después de esta primerísima sesión pude observar que mi hermano se recuperaba un poco. Sí, sostengo que mejoró después de esos tratamientos, un brillo volvió a su mirada, una brusquedad en sus modales, pasaban varias horas o incluso días antes de que comenzara a calmarse una vez más, a bajar la cabeza al sentarse en su escritorio, momento en el que yo me hacía cargo de mi hermano y ejecutaba una vez más el cepillado terapéutico. Al poco tiempo, los intervalos de buen humor de mi hermano se acortaron; a veces tan solo pasaba una hora antes de que lo viera arrastrando los pies por el salón hacia su estudio, a veces en zapatillas o incluso, y a decir verdad me impactó bastante ver eso, en calcetines, y yo debía interrumpir su trabajo, su muy importante trabajo, el que ahora llevaba a cabo exclusivamente por correo electrónico, para suministrarle el tratamiento que ya le aplicaba cada hora y que suspendía tan solo durante unas horas por la noche, para permitir que tuviera un descanso reparador. Comencé a complementar las sesiones de cepillado en seco con masajes de drenaje linfático, una técnica que aprendí viendo vídeos didácticos que encontré en YouTube, al no haber ninguna biblioteca municipal en los alrededores, y ciertamente ninguna que incluyera remedios homeopáticos de este o de cualquier otro tipo. De tal forma que, después de terminar su sesión de cepillado en seco, le aplicaba una presión suave pero gradualmente más fuerte en las clavículas, en las axilas, en la parte interna de los codos y posteriormente en las piernas con la intención de conseguir, primero, el drenaje del líquido linfático, y luego la absorción del mismo. Todo el proceso comenzaba a cada hora en punto y duraba entre quince y treinta minutos, de modo que yo dedicaba la mitad de nuestras horas de vigilia —las mías y las de mi hermano— a estos remedios. Sin duda, me sentía satisfecha, tal vez por primera vez en mi vida, por primerísima vez, me estaba entregando completa y finalmente a mi hermano en cuerpo y alma, llenando cada uno de sus rincones, doblegándome a su voluntad o, en ausencia de voluntad, doblegándome al menos a las necesidades de su cuerpo, de su alma, a que su vida fuera el único deber de otra persona, a que fuese venerado. Sentía que todas las enseñanzas de mi hermano, a través de la infancia, a través de la adolescencia y hasta el día de hoy, me habían traído a este punto, a mi sublimación en mi hermano, por mi hermano.

Si tenía que ir de compras al pueblo, o si me presentaba en la granja comunitaria para llevar a cabo el número cada vez menor de tareas que me encomendaban, de un nivel cada vez más bajo y que no implicaban interactuar directamente con animales, agua potable o plantas comestibles, si tenía que dejar a mi hermano un rato, sabía que se iba a agotar yendo a su estudio y que, a mi regreso, mis esfuerzos por mantenerlo en el camino de la salud deberían redoblarse. Mi hermano, un orador tan hermoso, un hombre que disfrutaba de manera tan obvia y frecuente hablando ante una muchedumbre, ante un pequeño grupo, incluso ante un solo individuo, ahora no decía palabra. No obstante, yo podía ver que tenía muchas ganas de hablar, llamaba mi atención, se tomaba un momento para darse valor, aspiraba por la nariz y espiraba por la boca. Tenía el mismo aspecto que había tenido en el pasado, en la cumbre de su poder, cuando estaba en un estrado o en un escenario frente a una, a punto de pronunciar algún discurso de importancia vital, pero cuando finalmente abría la boca, un proceso que en sí mismo tardaba al menos cinco minutos, lo único que podía discernirse era una serie de expresiones abortadas que sonaban como si hubiera renunciado a hablar después de la primera letra, o como si estuviera emitiendo un gemido grave. Esto me apenaba. Yo sabía que lo que necesitaba era descansar, descansar por fin.

Hice todo lo posible, lo digo en serio, para apoyarlo, para que pudiera, incluso en su incipiente enfermedad, continuar habitando a la persona del respetable hombre de negocios en un pueblo nórdico de provincias, un hombre a la vez cosmopolita y arraigado en el campo, un hombre que podía salir de copas con el sheriff local o con el ministro de Energía, un hombre limpio y contemporáneo. A pesar de estos esfuerzos, la salud de mi hermano seguía empeorando. Pero yo perseveré, sin distinciones, renunciando incluso a la desesperanza, cuidando a mi hermano, calmándole la fiebre, reanimándolo cuando caía en la apatía, cuidando su digestión, la destreza de sus extremidades, el movimiento de sus fluidos vitales, el color rosado de su tez, la mejora de su salud era el primero y principal en mis pensamientos a todas horas, sí, me aseguré de que así fuera. A día de hoy sostengo que actué en beneficio de los intereses de mi hermano, al menos tal y como los entendía en su momento, un entendimiento que estaba, lo concedo, ligeramente limitado por los problemas de comunicación ya descritos y que siempre he padecido, también por la natural reserva de mi hermano, por su voluntad de poder, pero hice todo lo que pude. Aun así, su salud seguía empeorando. Con el tiempo, dejó de responder a mis cuidados. Me parecía que había llegado al final, un punto desde el cual ni mejoraría ni empeoraría. Se recluía sobre todo en su habitación, caminando descalzo por el suelo, mirando por las ventanas, en los rincones, observando cómo su sombra se movía por las paredes.

Pronto llegó el otoño. La estación cambió de golpe, transformándose durante la noche; el aire, fresco y confiable, se deshizo de sus matices balsámicos. Poco después llegó el viento, que trajo consigo la lluvia, que trajo la melancolía propia de septiembre. Encendí los fuegos, mantuve la estufa prendida, decoré la casa con los colores de la cosecha. Di largas caminatas mientras mi hermano iba y venía por las tarimas del suelo. Me sentía fuerte y morena, llevada por el viento.

7

UNA MEDITACIÓN SOBRE EL SILENCIO

Noviembre trajo los problemas. Un mes pálido en el que nunca me había sentido especialmente bien, siempre precedido por el más glorioso octubre, con el sol bajo incidiendo en los árboles centelleantes, días de viento y lluvia que yo pasé recogiendo las últimas zarzamoras, apilando leños, tejiendo y haciendo ganchillo ávidamente, aunque no del todo bien. A medida que mi hermano se iba replegando en su indisposición, se volvía más vehemente en cuanto a su intimidad, manteniendo su puerta cerrada, cosa que casi nunca hacía antes, pues siempre había estipulado que todas las puertas debían permanecer abiertas; le gustaba especialmente vestirse en el umbral de su habitación, asegurándose de que yo lo mirara, y le gustaba, también, mantener mi puerta abierta, ubicada en un ángulo tan curioso que no importaba dónde me colocara, ya que siempre era observada. Pero ahora mantenía su puerta cerrada, y si yo seguía abriendo todas las puertas de la casa no se me puede culpar por ello, era un hábito profundamente inculcado en mí por mi hermano, después de muchos meses de estudio, sí, casi no lo podía evitar, pero no obstante él se vio en la tesitura de cerrar la puerta de su habitación y de su estudio, quería su intimidad, hasta yo podía darme cuenta de eso, así que me aseguré de que no supiera que yo había conseguido las llaves de todos los cuartos de la casa, que incluso había mandado hacer una llave maestra, tanto me preocupaba su enfermedad, y esperaba a que oscurecía para colarme en su habitación, esperaba a la medianoche, cuando me constaba que mi hermano dormía, para vigilarlo, para asegurarme de que respiraba. Me había procurado un pequeño espejo de mano para ese propósito, para comprobar que mi hermano aún respiraba, dormía tan silenciosamente, estaba tan inerte, que noche tras noche, cuando yo entraba en su cuarto, me temía lo peor. Como resultado de esas vigilias nocturnas junto a la cama de mi hermano, me descubrí menos capaz de trabajar durante el día, y menos en mi propio trabajo, que requería precisión y concentración. Como las noches llegaban tan rápido, había menos que hacer en la casa, yo me había esmerado en apilar la leña, así como en recolectar, hervir, embotellar y preparar conservas de varios alimentos, y me encontraba libre para caminar por el bosque otoñal y por el páramo estéril en el breve espacio de tiempo entre el alba y el atardecer, atravesando los terrenos como si tuviera derecho a ello, y en mi defensa debo decir que las leyes de derecho de paso que habían puesto en vigor hace veinte años se podían aplicar incluso a mí, cuya pertenencia al lugar era tenue, pero ni siquiera a mí podrían acusarme de allanamiento en estos lugares, al menos no me lo dirían a la cara, tal vez en el bar privado, tal vez en el cuarto trasero de la tienda del pueblo o en los reservados del café contiguo, sí, pero al menos yo nunca lo oí decir y, por supuesto, incluso si lo hubiera oído no lo habría entendido, por suerte, por suerte. Sin embargo, e incuestionablemente, yo estaba allanando la propiedad ajena. Mi presencia violaba alguna regla crucial y tácita, que tenía que ver, ahora se me ocurría, con la narrativa, con el derecho de la gente a preservar las historias que contaban sobre sí mismos y su propio pasado. Mi silencio era un reproche dirigido a ellos, algo que presionaba los bordes de su conciencia, un conocimiento terrible que no querían poseer y que yo los obligaba a mirar día tras día. En silencio, sí, porque las palabras nos han alejado más de una vez de la verdad.

Ese año, por primera vez, no sentí el miedo habitual cuando salía por la tarde y comenzaba a oscurecer. En cambio, sentía que me disolvía en el aire azul, como si los átomos que me configuraban se hubieran soltado y comenzaran a dispersarse, volviéndose parte de la oscuridad. Nadie me retenía allí, y al mismo tiempo nadie me obligaba a irme. ¿Y por qué no me habían obligado a irme? Me miré los pies, bien calzados y calientes, y pensé: Pero ¿quién necesita estas botas en estos caminos eternamente vacíos? ¿Qué terrenos debía yo atravesar antes de que llegara lo que tenía que llegar, qué campo, pantano, lodazal, qué afloramiento rocoso? Ese pensamiento me sorprendió. Alcé la vista y me di cuenta de que había llegado a lo alto del páramo. El sol se había deslizado detrás de las montañas que rodeaban el pueblo. Las primeras estrellas tintineaban en el cielo oscurecido. Y muy lejos en el valle vi luces encendidas en la iglesia. Era gente seria y piadosa, pensé, y sentí un escalofrío. Qué profundidades había dejado yo sin sondear, qué espíritus sin despertar. Escuché que algo se agitaba detrás de mí, la pisada suave de alguna criatura de la noche, pensé, y me di la vuelta para mirar. A lo lejos había dos figuras, vestidas de blanco, brillando contra el anochecer. Me quedé quieta. El viento cruzó el páramo, trayendo el aroma de las hojas, de las moras pudriéndose en sus tallos, y de una helada que se avecinaba. Las dos figuras brillantes habían estado avanzando hacia mí durante lo que parecía una eternidad, y aún estaban lejos. Así que, por fin, así estaban las cosas. Yo había venido a este lugar, de donde habían huido mis antepasados, por lo que por fin pude reconocer como un anhelo inalienable de autoaniquilación, no más de lo que creía merecer y, además, lo que sentía que me estaba destinado, la obstinada hija de un pueblo cuyo único mérito natal era haber sobrevivido. Ellos habían perseverado. Por años habían perseverado. Y aquí estaba yo, por fin encontrándome con la Historia, prueba de que mi sumisión, o la de cualquiera, era la ruta más segura y rápida hacia mi propia erradicación. Sería total.

Esperé a las figuras, altas y erguidas, pasó una eternidad, y cuando al final estuvieron ante mí, al final del día, al final de todo, una mujer y un hombre vestidos con chándal blanco, que tal vez eran —aunque a día de hoy no puedo confirmarlo con certeza— la dependienta de la tienda y el hombre del vertedero, me di la vuelta y los guie a través del páramo, a través del bosque, por el largo camino hacia el valle y finalmente a la iglesia, cuyas ventanas estaban iluminadas con muchas velas, más velas de las que jamás había visto en un mismo lugar. Me detuve en el umbral. Por primera y última vez empujé las puertas y las atravesé, el hombre y la mujer de blanco siguiéndome de cerca.

Los lugareños estaban sentados en los bancos, todos vestidos con el mismo chándal blanco. Parecían cómodos. Sus rostros titilaban a la luz de las velas. El viento soplaba a través de las rendijas de las ventanas. Me dirigí al presbiterio, donde vi reunidos a la mujer y a su perra y al hombre del garaje, que sostenía lo que solo puedo suponer que era el cordero muerto de la oveja atrapada, metido en un frasco para muestras. Reconocí, también, al hombre que yo sabía que cuidaba a las vacas, quien tan tiernamente, tan amorosamente las había sacrificado, por necesidad, claro, claro, y junto a él un hombre que supuse que era el cuidador de las gallinas, ya que estaba sosteniendo una, que cloqueaba suavemente en sus brazos. Dispuestos sobre una gran mesa frente a los lugareños había un saco de arpillera vacío y seis cosas rosadas y minúsculas, colocadas contra otros seis objetos que reconocí de inmediato: los muñecos de junco que yo había entretejido con tanto cuidado, con tanta buena voluntad, resucitados de su tumba junto al río. Caminé lentamente por el pasillo central de la iglesia, con firmeza, paso a paso, sintiendo las cuatro esquinas de los pies de la forma en que mi maestra de yoga de la ciudad me había enseñado, manteniendo el equilibrio, la concentración, respirando hacia mi chakra raíz, me aproximé a la larga mesa y llegué por fin, de pie por fin ante ella, observando primero el saco y luego los muñecos de junco, los talismanes, mis ojos evitando las cosas rosadas minúsculas en un primer momento, en un segundo, y finalmente en un tercer momento me obligué a discernir su carácter, el de las cosas minúsculas y rosadas, a la luz de las velas. Forcé los ojos y miré. Seis lechones de pocos días yacían inmóviles, acunados por los muñecos de junco que yo misma había hecho, de eso al menos no había duda. Podía sentir los ojos del pueblo en mí, manteniendo colectivamente la respiración mientras yo estiraba una mano temblorosa para tocar el lechón de la derecha, el primer lechón, como me descubrí llamándolo, para acariciar su piel suave, tan parecida a la mía en textura, en color, incluso en temperatura, estos lechones habían vivido solo unos días en esta Tierra, en la granja comunitaria, habían sido llamados demasiado pronto, pues aunque parecía que podían estar dormidos, sus células ya estaban descomponiéndose en espera de la pronta llegada de los insectos, llevados en pedazos para alimentar la vida en otro lugar, sí, pero ya no en ellos. Así que sí, así estaban por fin las cosas. Los lechones, yo lo sabía, habían sido una fuente de dicha y un símbolo de esperanza para el pueblo, aún conmocionado por la pérdida de las vacas, el confinamiento de las gallinas, etcétera, etcétera, era el primer embarazo de la cerda, todos los esfuerzos previos para que concibiera habían sido en vano, era una chica temperamental a la que no le gustaba que la tocaran, que evitaba la compañía de otros cerdos, a los que les gustaba socializar, que disfrutaban de un baño de lodo colectivo y hozar en grupo entre la broza, siendo los puercos en general, por supuesto, animales extremadamente sociales, pero no esta cerda, no, desde el principio había mostrado tendencias depresivas, no había mostrado interés por el jabalí, una bestia maravillosa, y había, se decía, rechazado sus avances salvajemente, o así me había contado mi hermano antes de sumirse en el silencio. Por todas estas razones, el embarazo de la cerda, que realmente había cambiado positivamente en meses recientes, era motivo de celebración entre la gente del pueblo. Pero ahí estaban sus lechones, pues debían de ser suyos, ¿qué otra cerda de su edad había en el área?, seis de ellos, todos muertos, sus caras intactas y sin embargo un poco raras, mostrando señales de desnutrición, estaban tan delgados, estos pequeños lechones cuyas minúsculas costillas, me di cuenta al inspeccionarlos más a fondo, habían sido machacadas, la cerda los había aplastado, pensé, a los seis lechones, no pudo soportar sus exigencias, que le tiraran de las tetillas, las cuales al final, y a juzgar por el tamaño de los lechones, ella les había negado, hallándose exhausta, desesperada, preñada contra su voluntad, ella había tomado esa medida que, aunque extrema, aunque devastadora, no obstante seguía su propia lógica, era la única medida que la cerda podía tomar.

¿Y qué tenía que ver eso conmigo? Yo había visto a la cerda solo una vez, al detenerme una noche en el cercado de los cerdos después de mi turno en la granja, solo para ver, solo con la esperanza de ver por un segundo a uno o más de los lechones, por curiosidad, por tontería. No creí que nadie me hubiera visto. Supongo que esa irreflexiva visita había desencadenado una serie de omisiones, derivadas de una comprensión vaga e incompleta de las prohibiciones religiosas relacionadas con cerdos, un recuerdo confuso del libelo, sí, podía ver fácilmente cómo debió de hacerse tal asociación. ¿Y por qué ahora? Para esta pregunta, me complace decir que puedo dar una respuesta más satisfactoria. Los lugareños nunca podrían haber sentido afinidad por mí, por no hablar de lealtad, de eso nunca hubo ninguna duda. Pero sobre mi hermano yo había hecho —erróneamente, como ahora veía— ciertas suposiciones. Teniendo en cuenta, como por supuesto hice, nuestra herencia común —genética, personal, pero sobre todo histórica— me parecía natural que él hubiera experimentado, en un momento o en otro, cierto nivel de apego hacia mí, aunque indudablemente hubiera probado ser algo fatal. Ustedes dirán: Pero seguramente, teniendo en cuenta todo, teniendo en cuenta lo que tú misma has relatado en este relato demasiado largo, ni siquiera tú podrías ser tan ingenua. No puedo ofrecer una respuesta a eso. Incluso así. La Historia, como dijo alguien, es la resurrección en carne y hueso del relato de la división, y de este modo, aunque nunca dudé del juicio de mi hermano, correcto y justo, como no podía ser de otro modo, me desconcertó descubrir que había estado intentando, ya fuera desde el confinamiento de su habitación o, cuando creía que yo había salido, trasladándose al salón principal, donde lo sorprendí, contactar a gente del pueblo, no entiendo por qué razón, aunque me devané los sesos, aunque indagué en mi alma, no podía ver la razón por la que mi hermano, que no podía hablar, podía no obstante querer comunicarse con cualquiera de los lugareños, ninguno de los cuales lo había visitado desde su enfermedad, desde su confinamiento, que claramente lo habían olvidado, y eso fue lo que le recordé mientras le quitaba el teléfono de la mano. Las acciones de mi hermano me desconcertaron desde que, en primer lugar, en días anteriores me había visto en la necesidad de confiscar su móvil, decisión que no tomé a la ligera y que solo llevé a cabo, ustedes entenderán, por el bien de su salud, las redes sociales eran veneno, con toda seguridad estaban contribuyendo a su debilitamiento general, yo le había explicado todo esto con la mayor claridad y compasión. En segundo lugar, mi hermano, él se había codeado con la élite del pueblo, se había sentado en varios consejos de administración, sin que nadie lo invitara, sin duda, pero ¿quién cuestionaría jamás a mi hermoso hermano? Él sabía mejor que nadie que no había profesionales médicos con las competencias necesarias para tratar su enfermedad, tan peculiar era, sabía que solo yo, y esto gracias a mi larga experiencia y mi estudio diario, tenía alguna idea de su alcance y efectos, que yo sabía que cualquier médico, si conseguía llegar a uno, tacharía su mal inevitablemente de psicosomático, una idea dudosa en sí misma, tan roto estaba el sistema de salud en este remoto país del norte. ¿Acaso quería que lo internaran en un hospital psiquiátrico?, le pregunté, ¿esa institución junto al lago perfectamente inadecuada, con una política de puertas abiertas, donde los locos deambulaban libremente, donde se hallaría ante una mesa de ping-pong con algún psicópata convaleciente al otro lado, un psicópata que no hace mucho veía peces plateados en su piel? Por supuesto que no, le dije, colocándole una manta sobre los hombros. El número que mi hermano había intentado contactar —por mensaje de texto, seguramente, dada su tendencia reciente al mutismo— pertenecía a un tal Herrenhof, un hombre que aseguraba ser médico, pero cuyas credenciales eran dudosas, y que casualmente trabajaba en la morgue del pueblo, haciendo autopsias a todos los cadáveres del condado, del cual el pueblo era el centro. ¿Qué?, le pregunté a mi hermano, tomándolo por los hombros, ¿ya estás muerto? ¡Ja! Lo llevé al sofá de la habitación de enfrente, aún riendo entre dientes, y, a una indicación por mi parte, se sentó, el semblante dócil, la mirada aterrorizada. Lo arropé con la manta. No, pensé, no vendrían por él, él debe comprenderlo ahora, debe comprender, sí, que la Historia para ellos era en efecto una cuestión de carne y hueso, que ninguna rehabilitación podría conseguir que fuera de otra forma, no, esos caminos habían sido trazados hacía mucho tiempo. La orientación de uno con respecto al mundo era un punto fijo desde el cual uno hacía sus observaciones, así por lo menos lo creían los lugareños, siempre lo habían creído, sobre mi hermano, incluso antes de mi llegada: un hombre podía ser dominado, pero más allá, cualquier diferencia, y el paisaje comenzaba a cambiar. Una se sumergía con el valle. No es que una fuera despreciable, no necesariamente, sino más bien que su presencia despertaba un sentimiento de abyección más profundo, mucho más primario que la repulsión que yo por lo general provocaba. Aquí, una era devuelta a la fuerza a su propio contexto, se le daba una especie de profundidad, dejaba de ser un individuo atomizado para formar parte de una estructura de sentimientos que tenía siglos de antigüedad. ¡Qué espaciosa era en comparación! ¡Qué inevitable! Qué hermoso ser consciente del proceso inexorable del eterno retorno. Me sentí sostenida. Esperaba que mi hermano también se sintiera sostenido algún día.

Tales fueron mis pensamientos mientras contemplaba a los lechones, sus heridas, e imaginando el dolor de los lugareños, los que estaban detrás de mí junto a la mesa y los que estaban en los bancos a mis espaldas, lo sentí, el aullido de su ira, concentrándose, ya sin necesidad de buscar un objeto, habiéndolo encontrado por fin. Incliné la cabeza hacia los lechones por última vez, reuní valor y puse mi cuerpo en movimiento, con dificultad, avanzando un pie delante y luego el otro, hasta situarme detrás del púlpito. Observé a la asamblea.

Permítanme comenzar sugiriendo que no hay nada que decir ni nada con qué decirlo. Lo que se haya dicho hasta ahora, bajo coacción, contra el buen juicio de una, por debilidad de la voluntad y de la mente, sin moverse del campo de lo posible y circunscribiendo en su lugar una pequeña y miserable realidad, la protección de la frontera, ¿para qué, pregunto yo, ha servido todo eso? Cuanto menos se nos ofrece, mejor es la calidad de la atención que prestamos. ¿Estoy sugiriendo que es posible una reorganización de la sensatez, del sentido común? En absoluto, no. No me permito ningún horizonte de posibilidad. Donde cabría esperar que se encontraran dos polos —en su mayor extremo de debilidad–, una solo encuentra distancia e incomprensión. Pero veo que, una vez más, he cometido mi error habitual, me he dejado llevar una vez más, pasando por alto el hecho de mi propio lenguaje empobrecido, incapaz de ninguna imagen, de ninguna expresión. Una se queda corta, por supuesto, corta de sí misma, corta de mundo. Y, sin embargo, veo que no me bastaría con irme, con dejar este lugar, ahora estoy implicada personalmente, cuando antes solo lo estaba históricamente, sí, es demasiado tarde, he leído a los teóricos sobre esto, que las cosas son de tal modo que permanecen en las fronteras de la articulación verbal. La cuestión fundamental que planteo ahora, que se ha planteado antes y en otros lugares, más o menos palabra por palabra, hela aquí, hermano mío, prepárate, es si una puede seguir viviendo después de todo, si una que escapó por accidente, una que por derecho debería haber sido asesinada, puede seguir viviendo. Una se formula la pregunta a sí misma, esta pregunta planteada por todos los rostros sentados ante mí en la iglesia del pueblo, la pregunta que reverberaba en los cavernosos hogares suburbanos, que se transmitía en las canciones de cuna. ¿Qué derecho, qué razón tenían, los antepasados de una para huir al bosque, cruzar las aguas, vender trapos, ir a la escuela, todo para qué, cuando a fin de cuentas una nunca estuvo destinada a sobrevivir? ¿Qué quedaba? ¿Y era suficiente para seguir adelante? Pero ya empezamos a cansarnos de esto, ¿no? Porque, después de todo, aquí estamos.

Después de permanecer un rato en el púlpito, me bajé. Los rostros de los lugareños seguían siendo ilegibles para mí, ilegibles como su idioma, como sus leyes, como la tierra misma. No todo era posible, me recordé. Muchas cosas se rechazaban de antemano. Muchas cosas salían a la luz en una escala de tiempo y espacio más larga que una vida, más grande que un país, más vasta que la historia del exilio de un solo pueblo. Y más grande aún.

Últimamente mi hermano camina suavemente de habitación en habitación, descalzo, en silencio. Lleva el pelo largo. Yo cocino y limpio para él, lo arreglo y le leo. Bert dormita junto al fuego. Fuera, se hace de noche alrededor de la casa. Yo inspiro y exhalo este aire extraño. Hoy, mientras escribo, es el solsticio de invierno. La tierra duerme bajo la nieve, las ramas de los pinos se comban bajo su peso. En los próximos días, los lugareños celebrarán su fiesta en la iglesia, cuyas luces puedo ver incluso ahora desde la ventana. Más allá del jardín de mi hermano, allá en el valle. Sé que no vendrán porque no les hace falta.

Sin embargo, me digo suavemente, estoy viva, reclamo mi derecho a vivir.

REFERENCIAS BIBLIOGRÁFICAS

p. 31   Woolf, Virginia, *El diario de Virginia Woolf*, vol. 1 (1915-1919), Tres Hermanas, Madrid, 2017; traducción de Olivia de Miguel.

pp. 32-33   Fitzgerald, Penelope, *A la deriva*, Impedimenta, Barcelona, 2018; traducción de Mariano Peyrou.

Montaigne, Michel de, *Los ensayos*, Acantilado, Barcelona, 2007; traducción de J. Bayod Brau.

p. 35   Sontag, Susan, *La conciencia uncida a la carne. Diarios de madurez, 1964-1980*, Literatura Random House, Barcelona, 2014; traducción de Aurelio Major.

p. 48   Weil, Simone, *La gravedad y la gracia*, Editorial Trotta, Madrid, 2007; traducción de Carlos Ortega.

pp. 69-70   NDiaye, Marie, *Ladivine*, MacLehose, Londres, 2017.

p. 77   Whitman, Walt, *Hojas de hierba*, Galaxia Gutenberg, Barcelona, 2015; traducción de Eduardo Moga.

p. 84   Bachman, Ingeborbg, *Malina*, Planeta, Barcelona, 2002; traducción de Pilar Esterlich.

p. 87   Montaigne, Michel de, *Los ensayos*, Acantilado, Barcelona, 2007; traducción de J. Bayod Brau.

p. 103   Riding, Laura, *Experts Are Puzzled*, Ugly Duckling Press, Nueva York, 2018.

p. 107   Clifton, Lucille, «robert», *The Collected Poems of*

Lucille Clifton, 1965–2010, Boa Editions, Madrid, 2012.

Charman, Helen, «They Shoot Horses, Don't They?», *Academics Against Networking* #1, Nell Osborne y Hilary White, 2019.

p. 110   Malone, Patricia.

p. 131   Alexiévich, Svetlana, *La guerra no tiene rostro de mujer*, Debate, Barcelona, 2015; traducción de Loulia Dobrovolskaia y Zahara García González.

Kafka, Franz, *El castillo*, Cátedra, Madrid, 2015; traducción de José Rafael Hernández Arias.

NDiaye, Marie. *That Time of Year*, Two Lines Press, San Francisco, 2020; traducción al inglés de Jordan Stump.

p. 135   Minh-ha, Trinh T., «White Spring», *The Dream of the Audience, Theresa Hak Kyung Cha (1951–1982)*, University of California Press, 2001; edición de Constance M. Lewallen.

p. 139   Beckett, Samuel, *Proust y tres diálogos con Georges Duthuit*, Tusquets, Barcelona, 2013; traducción de Juan de Sola.

AGRADECIMIENTOS

Gracias, como siempre, a Harriet Moore de DHA y a Jason Arthur y Josie Mitchell de Granta, por apoyar la escritura de este libro.

Un agradecimiento especial a Gerry Irvine, que me contó una historia sobre una oveja atrapada en una reja, y al propio Gerry y Mark Irvine por prestarme el nombre de su noble perro, Bert.

A mis queridos amigos, que tanto me enseñan sobre la colaboración y el cuidado, la escritura y la vida, Yanbing Er, Claire Gullander-Drolet, Patricia Malone, Alison MacLeod, Chantelle Rideout, Mike Saunders, Hilary White, Lizzie Wilder Williams, Richard Williams, Rosie y Xoo Williams: gracias y perdón por todo.

A mi adorada familia, a quienes nunca espero poder agradecer apropiadamente o disculparme: Nat Bernstein, a quien tanto se le extraña, Janice Woodfine, que nos mantiene unidos, a Jesse Bernstein, Hugo Popovic Bernstein, Shelan Markus: lo intentaré, gracias.

Y a Robin Irvine, por nuestra condenada, turbia y buena vida.